JN290112

kaneko futami 釖子ふたみ

hikaruko

# ひかるこ

大日本図書

ひかるこ

ねがいをかなえてくれる妖精　5
ブラックホール　32
祖父のけが　55
祖母の絵　83
カサどろぼう　107
球根　130

海　149

夢うつつ　169

美留とゆずな　184

アビスの星と闇の星　197

海の上のひかるこ　211

はじまり　223

装幀　こやま　たかこ
装画　奥田　みき

# ねがいをかなえてくれる妖精

日ざしがかたむきかけたころ、ほんのそこまで、のつもりで雨宮《あめみや》ゆずなは裏山に出かけた。夕方とは言え、真夏の日ざしはまだきびしい。日陰をえらんでぐずぐず歩いていたゆずなは、前方の光景を見て、

「あっ」

と、声をあげた。

「ヤマユリにわき水、もしここに月の光があればアビスの星への入り口だわ」

こんな近くに絵本とそっくりの場所があるなんて。

三本のヤマユリはちょうど季節らしく、いくつも花を咲かせていて、こい香りをただよわせている。

「アビス、アビサール、アビシニーア」

ゆずなは声にだして、呪文《じゅもん》をとなえた。

すると、まるでかげろうが立ったようにあたりの光景がゆらゆらして、ゆずなはしゃがみこんでしまった。緑こい景色に灰色のガレキが重なる。

《うそ……》

ゆずなはどきどきしながら周囲をながめる。

緑色がかすんで灰色に変わってゆく。

ヤマユリの香りとわき水のせせらぎの音がほんのわずか聞こえる以外は、見たことのないガレキの地面が広がっている。月も太陽もない空には、たくさんの星が瞬《またた》き、それにもかかわらずあたりは昼間のように明るい。だから、昼間なのか夜なのか、さっぱり理解できない。

アビスの星なのだろうか。

《私が……ひかるこをさがしに行った子どもだってこと?》

いやだ、ひとりぼっちでさがしにゆくなんて。

でも、もしかすると、ひかるこがどこかにいるかもしれない。

ゆずなはしゃがみこんだまま、あちこちに目をこらした。

「ひかるこはどこ、どこにいるの」

ゆずなが声にだして言うと、ふっと目の前に女性が現れた。

二十を少し出たぐらいだろうか。

白いブラウスに紺色のタイトスカート、髪は後ろで一つにまとめている。

ずいぶん古めかしいスタイルだ。

「誰《だれ》？」

ゆずなが聞くと、はじめて気づいたように、女性はゆずなを、じいっと見つめた。

どこかで会ったことがあるだろうか。

見おぼえがあるような気もするし、ないような気もする。

「ひ、人ちがいよ、私じゃないわ」

何も聞かれていないのに、ゆずなはそうさけんでしゃがんだまま後ずさりした。

「私は、アビスの星には行かないの、行かないんだってば」

すると、見るまにガレキが透明になり、もとの風景にもどった。

いつのまにか四つんばいになっていたゆずなは、あわてて立ちあがった。

「や、やだ、私、白昼夢を見ていたんだわ」

ガレキなんてとんでもない。

緑こい夏の山が目の前に広がっている。その中に、ガレキと同じ土の色を見つけて、ゆずなはぶるっとふるえた。

「あんなはっきりした夢を見るなんて」

夢に逃げこもうとした弱い心が、山に棲《す》むモノノケやタヌキにつけこまれて闇にひきずりこまれそうになったにちがいない。

「……やーんなっちゃうなあ」

今日から四十日間の自由な日々がはじまったというのに、ゆずなの心は沈《しず》んでいる。夏休みに何一つ積極的な予定がないことも理由の一つだったが、一番重くのしかかっているのは、昨日、担任の手でとどけられた成績表のこと、そして、夏休みの後にある新学期への不安だった。

ぎりぎりと言われた第一志望の高校に合格したのはよかったが、最初の体育の授業でネンザをしてしまったのが、ミソのつきはじめ。前からきめていたバスケット部にはいったものの、ネンザのせいでなかなか参加できなかった。

「それだけならまだしも……」

ようやくネンザが治ってこれからという五月終わりにカゼをこじらせて肺炎になって入院し、そのまま登校することなく今日になってしまったのだ。

この団地に引っ越してきたのは五年前。来たばかりのころは、両親と一緒にお弁当をもって山にはいったが、父、康之《やすゆき》の仕事が忙しくなり、ゆずなも部活や友達と遊びまわるのに一生懸命で、家族とすごす時間はだんだん少なくなった。

「ヤマユリが咲いたわよ」

とか、

「とれたてのワラビなのよ」

という母、文子《ふみこ》の言葉が家の中で、からまわりしていた。

ゆずなを病院に見舞った康之に、

「なんでも仕事といえばすむものじゃないわ」

と文子がつめより、

「子どもの前だろう」

とたしなめられることは一度や二度じゃなかった。

ゆずなは、入院してはじめて、日中お母さんはどうしているのかしら、と思った。文子はそもそも社交的な性格じゃない。医者や看護師とのつきあいも、かなり努力しているのがゆずなにもわかった。

《しっかりしなくちゃ……》

ゆずなは、文子の苦悩を感じるたびに思った。

《もう、甘えタイムは終わった……》

自分から努力しようとすれば、塾だって家庭教師だって、文子はさがしてくれるだろう。いろんなことを考えながら、ゆずなは山道をぶらぶらと歩いた。

夏の山には野生の植物が花を咲かせているが、ゆずなが名前を知っている花はほとんどない。入院中にたくさんの花束をもらったから、花の本を買って一つ一つ名前を調べたのだけど、野山にあるのは、花屋さんで買えるような花ではないらしい。

「野生の植物の本をさがして、夏の間に、ぜんぶ名前をおぼえちゃおう。英語の名前と、日本の名前」

山中の植物を調べていれば、夏はどんどんすぎて、体ももとどおり丈夫になる。

一つ特技を身につければ、自信もつくし、学校にも行きやすくなるかもしれない、と思ってゆずなはきょろきょろとあちこちをながめた。

「そうだ、花の絵も描こう。ボタニカルアートなんてね。そう、この調子」

現実に生きる努力をしよう。

友達をつくって、毎日の予定を立てて。

部活動に参加して、何かの夏期講習に参加してみるのもいいかもしれない。

さがせば今からだってきっと一つぐらいは気にいったのが見つかるだろう。

ゆずなはしっかりとした足どりで山道を歩く。

★

「ゆずちゃん、具合いはどうかしら」

ピンクの縁のメガネをかけた福田さんは、やさしい笑みを浮かべて言った。病院に何度も見舞ってくれた福田さんを文子が昼食に招いたのだ。

「だいじょうぶです、おかげで退屈で」

「じゃあ、勉強もすぐはじめられるかしら」

「それは……その」

二人の子どもが独立してしまった福田さんは、英会話を教えてあげると声をかけてくれた。

「すぐはじめさせていただいたほうがいいわ、ほら、お隣の菊川《きくかわ》さんの美留《みる》ちゃんも誘ったらどう？」

文子が言った。菊川美留は、この春お隣に引っ越してきた同級生だ。

「そうね、二人一緒のほうが楽しいかもしれないわ。でも、実力がどのぐらいか聞いてみないと。もしかすると、習っていたかもしれないもの。ゆずちゃんは、受験勉強以外はやってないのかしら」

「はい、もう。何もやらせていないんです、のんびり育てすぎちゃって」

「いいんですよ、中学生って部活動に追われて何もできないもの。高校は楽しいわよ、何でも自主的にできて。うちの子たち、ゆずなちゃんの先輩だから、何でも聞いてちょうだい」

福田さんがゆずなを見て言った。

「はーい」

「ゆず、しっかりしてちょうだい。もう、高校生なのよ、わかってる？」

文子が言うと、

「大丈夫ですよ。人それぞれ個性っていうものがあるから。私も、雨宮さんの先輩よ、同じ高校に通った子のお母さんなんだもの」

福田さんは穏やかに言った。

「そう、そうですね。福田さんが私の先輩だったんだわ、そうね、いろいろ教えてもらわなくっちゃ」

「がんばりすぎですよ」

福田さんと文子が話しているのを右から左にながしながら、ゆずなは食事を口にはこんだ。入院中は体調も悪いし病院食だから、口に合わないのだろうと思っていたが、ゆずなの味覚は退院してからももどらなかった。食べ物の味がよくわからず、おいしいのかまずいのか、はっきりしない。

《でも、これはいくらなんでも塩味がこいんじゃないかしら……》

にこやかにおハシを口にはこぶ福田さんにちらちらと目をやりながら、ゆずなは思った。

もともと神経質な文子は、ゆずなの入院や休みが続くと目に見えていらだってきた。

ゆずなは、ベッドに横たわったまま、文子が、

「この子はこのまま休み続けてどうにかなってしまうんじゃないかしら」

とか、

「もしかすると大きな病気でこのまま治らないんじゃないかしら」

などとぶつぶつ言うのを聞いたことがあった。

ときおり、その言葉が本当だったらどうしよう、などと思ったり、いいかげんやめてほしいと思ったりしてどんどん気が重くなっていった。

《お父さんが相談にのってくれればいいんだけど……》

父、康之は、帰りが遅いし休日出勤も多かった。病院には何度も来てくれたものの、時間を合計すれば一時間にもみたなかったかもしれない。

けれど、お父さんと二人きりでいても会話が続かないから、ゆずなは特に気にならなかった。

「ゆずな、食欲がないの？」

唐突《とうとつ》に文子が聞いた。

「そんなことない。まってて、麦茶をだしてくるから」

ゆずなはカラになっていた福田さんのグラスと自分のグラスに麦茶をついだ。文子は塩辛いことに気づいていないらしい。福田さんには悪いと思ったが、ゆずなは麦茶で流しこんでしまった。

「夏休みの予定、立てていないの？　部活動は？」

福田さんが聞いた。

「バスケ部なんだけど……。やめたほうがいいかなあって思って。今さら行きにくくって」

ゆずなが言うと、文子がそっけなく言った。

「自分できめたんだから、最後までやりとおしなさい」

「でも……」

「智《とも》ちゃんと一緒なんでしょう？　先に挫折《ざせつ》するなんてみっともないわ」

智ちゃんこと市井智子《いちいともこ》は、小学校からの仲よしで、中学時代、一緒にバスケ部でがんばり、同じ高校をめざした。でも、一学年十クラスの高校では、同じクラスにはなれず、智子だって同じクラスに友達をつくるのに一生懸命で、ゆずなの相手ばかりはしていられないだろう。ゆずなだって、智子の足をひっぱりたくはない。

人数が多いから、本当は選択肢もたくさんあるんだけど、ともゆずなは思う。

ただ、それも学校に行っていればの話で、休んでいては友達ができない。

友達がいないと、学校にも行きたくない。

勉強なんて二の次、三の次。

いや、勉強も心配でならない。

無理してがんばってようやくはいった高校だ。

すぐに二年なんてすぎて、大学受験。

どうやって遅れを取りもどせばいいのか。

「う……ん……」

文子のせめるような口調に、ついもごもごしてしまったゆずなに、

「とにかく、夏休みを有意義にすごすことを考えましょうよ。勉強も、休んだ日数と、夏休みは同じぐらいなんだからちゃんとやればすぐにおいつくわよ」

と福田さんが助け船を出してくれた。

「そうね、そうよね。この子、なんだかのんびりしているから、ついキリキリしちゃって。よかったわ、福田さんを呼んで」

文子は言った。

《そうか、勉強はなんとかなるのかもしれない……》

そして、もしも美留と一緒に英会話を習えば、友達もひとりできることになる。ゆずな

は、明るいことを考えようとした。自分のおちこみが、文子をいらだたせ、いえの雰囲気が暗くなっていることに、ゆずなは気づいていたからだ。

「今度、アメリカ人の学生がホームステイに来るのよ、雨宮さんもいらっしゃいよ」

福田さんが、文子を誘った。

「でも、英語なんて……しばらく勉強していないし」

「ゆずちゃん、高校生だもの、もう手をはなしていい時期よ」

やさしく穏やかな福田さんの口調や前向きな話が、文子の心をおちつかせるのか、文子は身をのりだすようにして福田さんの話に聞きいっている。

「ごちそうさま」

昼食を食べ終わったゆずなは、自分のへやにひきあげた。

「英会話か……」

何かをはじめることの期待と恐怖が胸に広がってゆく。

病気を治すことだけを考え、公明正大に休んでいられる病院は、生と死が背中合わせで、喜びと悲しみにみちていて、だから居心地が悪くてよかった。

必死で自分の居場所を、生の側へに移そうとしていた。

ゆずなは、一か月の入院生活で、ひとりの死を看取っている。

佐藤千早《さとうちはや》さん。

三十代のやさしげな女性だった。

まっ白なほおにモデルと見まごうぐらいすらりとした手足。二十代半ばから入退院をくりかえし、ゆずなが出会ったころにはもう、ほとんど起きあがることができなくなっていた。それでも、千早さんはきっと病気が治ると信じて、未来に夢を見ていた。治ったら仕事をして、恋をして、結婚して……、目をきらきらさせながら、そう話していた。

病気の進行状況を知らないゆずなにさえ、日に日に衰えて行く千早さんにたくさんの時間が残されているはずもなく、夢が夢に終わることが予想できた。

「あんなやさしい人がどうして、死ななきゃならなかったの……」

千早さんのもとには、中学時代からの友人たちが入れ替わり立ち替わり、毎日お見舞いに来ていた。美人薄命とはよく言ったもので、もしも、あんなにやせていなければ、千早さんが一番きれいでスタイルもよかった。

「友達か……」

ゆずなのもとに来てくれるのは智子と小、中学生時代のクラスメート、お義理で来た先生とクラス委員だけだった。

ひとりっこだから、ひとりでいるのにはなれていたはずだった。

幼いころからひとりでおとなしく遊んでいたそうだ。

でも、今はひとりでいるのが寂しくて、未来につながる夢を見つけることはできそうにもない。

★

「ゆずーっ、出てらっしゃいよ、いい天気よ」

庭から文子が呼ぶ声にさそわれて、ゆずなはベランダに出た。激しい陽光が直接肌をさす。空気がすんでいる分、直接肌にさす日はやけつくように熱い。

「なにやってるの?」

ゆずなが聞く。

「お水まいているのよ」

「ふーん、しみができるよ」

「できても美人だもの」

「はいはい」

「ゆずはお父さん似だからねーっ」

「……どっちに似てもたいしたことないからいいよーっだ」

ゆずなは舌をだす。

「この前、図書館から借りた絵本読んでいたんでしょ」

文子が言った。

「ちがうもん」

「翻訳《ほんやく》の本?」

ゆずなが図書館で借りたのは、絵本『ひかるこ』と翻訳の本だ。文子が見ぬいたとおり、重要なのは絵本、翻訳の本はおまけだ。

いや、気休めだ。

カモフラージュだ。

「……なんだっていいじゃない」

「もう、高校生なんだから、日本の文学くらい読みなさいよ。夏目漱石《なつめそうせき》とか、志賀直哉《しがなおや》とか、川端康成《かわばたやすなり》がどういう人か知ってる?」

「……ノーベル文学賞とった人」

「読んだことは?」

「トンネルをぬけるとお母さんがガミガミ言った」

「ガミガミなんて言ってないでしょっ」

文子がホースの水をゆずなに向けたので、もうっ、とゆずなは声をあげた。

「お母さんのおこりんぼ、おこるとますますブスになるよーっだ」

憎まれ口をたたき、ゆずなはふうとため息をつく。本当なら、こんなところで文子とつまらない言いあいなどしていない。本当だったら、バスケの練習に出ているか、どこかに行く予定を立てるために友達のいえか、どこかに集まっているか。

《本当だったら……》

心の中でつぶやいて、ゆずなは首をふった。

今が、本当だ。

「夏休み、どこか旅行に行こうか」

文子が言う。

「……別に」

ゆずなはこたえる。

そんなことを考えられる状況じゃない。

「キャンプにする？」

「……いい」

へやにもどろうとすると、

「ねえ、翻訳より、通訳のが楽しいんじゃないのお」

文子の声がおいかけてくる。

「ずっといえにこもってパソコンに向かっているより、たくさんの人に会えるほうがおもしろそうじゃない」

「通訳なんて向こうで生まれ育った人にはかなわないわよ」

「留学したいなら、協力するわよ」

「あのねえ、娘の性格くらい知っていてもいいんじゃないのっ、ゆずなは地味な性格です。机に向かっているほうがあっています」

「机に向かうの？　うっそお」

「いちいちうるさい」

「ゆずちゃんはかわいいから、人前に出る仕事のほうがいいわよう。きっと人気者になれるわよ、通訳界のアイドル、なんて」

「ばかっ」

「おまえの母ちゃん、でーベーそ」

文子のふざけた声を背中に、ゆずなはいえにはいる。

ゆずなの心をもり立てようとしているのは充分にわかっていたが、相手にする気力はまだわかない。

ベッドにすわりこんで窓をながめていたゆずなは、空気がきらきらっと光ったような気がして、

「あっ」

と、小さなさけび声をあげた。

《ひかるこかもしれない》

ひかるこ、はねがいをかなえてくれる妖精だ。

入院しているとき、主治医で隣人の菊川十和子《きくかわとわこ》先生が話してくれた。しかし、空気の中を一生懸命見たけれど、もう、きらきらは見えなかった。

《気のせいよね……。妖精なんているわけないもん、高校生にもなって、何考えてんの

さっ》

けれど、ゆずなはあきらめることができなくて、いつも空気を見つめてしまう。

工場が進出してできた企業城下町で、人口は多いけれどほかの地方からの転入者が多い。ゆずなの両親もそうだったから、町に伝わる昔話などほとんど知らない。でも、つらなる山々やたゆとう海を見ていると、ふしぎな妖精が隠れているように思えてくる。病院にいるときは特にそうだった。

お見舞いの花や千羽鶴や、風や香りの中にもひかるこがいるような気がした。

でも、いざ具合いがよくなって退院してみると、ひかるこはどこにもいなくて、不安だけが胸にふくらんで行く。その気持ちをふりはらうように、ゆずなはひかるこを信じてさがす。

《もし会ったら、いったい何をねがおうかしら……》

友達ができますように。

たのしい夏休みが送れますように。

せめて部活動に参加する勇気ができますように。

《なんだか、さえないねがいね……。自分から行動を起こせば、どれも何とかなること

だわ》

図書館から借りてきた『ひかるこ』を手にとる。『ひかるこ』は、昭和二十年代に、この地方の伝説をもとに再話という形でだされた絵本である。

アビスの星はどこでもないところにありました。ヤマユリの香りとわき水のせせらぎと月明かりの下でアビスの呪文をとなえると行くことができます。

アビスの星にはガレキでできた果てしない陸とすみきった深く広い海があります。ほんの近くにたわわに果物をつけた樹木の繁る豊かな楽園の星がありましたが、行く方法はただ一つ、ひかるこを見つけなければなりません。

物語はこんな風にはじまっている。

アビスの呪文をとなえた子どもが、広い広いアビスの星に行きひとりでひかるこをさがし続けるらしい。もちろん、ひかるこの力は、楽園の星につれて行くことだけではないけれど、子どもの頭の中にあるのは、楽園の星に行くことばかりだ。

『アビス、アビサール、アビシニーア』

子どもは何度も呪文をとなえる。

ゆずなはもったいなくて、ほんの短い絵本なのにゆっくりゆっくりかみしめるように読んでいる。子どもはひかるこを見つけることができるのだろうか。

わかってしまったらつまらない。

見つけられなかったら、もっとつまらない。

なにか別のもので代用されたらがっかりしてしまう。

《この子は、ひとりぼっちで寂しくはないのかしら……》

ひとりでさがしに行くぐらいだから、天涯孤独《てんがいこどく》なのだろう。

両親も兄弟も、親戚も友達もなくて、とめる人がいなかったからひとり旅立ってしまったのだ。

《誰かがひとりでアビスの星に行こうとしていたら、私ならきっととめるもん……》

ふと、思いついて辞書をひいてみた。

「浴びす…のわけない。阿鼻《あび》す、阿鼻さる、阿鼻しにーあ、なのかな。阿鼻……か。八大地獄の第八、阿鼻地獄、無間地獄《むげんじごく》、阿鼻叫喚地獄《あびきょうかんじごく》、阿鼻大乗。アビスの星って……こわいところなのかな……。

それとも、阿比《あび》かな。アビ目アビ科の鳥。鳥の星……。ガレキじゃ食べる物はないわね。とすると、阿毘達磨《あびだるま》、えーとこれは、仏様の教説をまとめた物、だから恐いものじゃないわね。阿毘羅吽欠《あびらうんけん》、これかしらね。密教の真言で地、水、火、風、空の五大を象徴、これをとなえるといっさいのことが成就する。唵《おん》、阿毘羅吽欠、蘇婆訶《そわか》、これを転じたのかな……。方言かな……でもなぁ」

一度、恐いと思ってしまうと、すばらしいところ、のような気がしない。

アビスが阿鼻に通じるのか、それとも阿比か阿毘なのかわからないけれど、ゆずなはいやな感じが背中にはいあがってくるような気がした。だいたい、ひかるこを見つけて帰ってくるのではなく、楽園の星に行ってしまうなんて、とても悲しいことだ。

「昔話って恐い話が多いもんね……」

ゆずなはぱたんと本を閉じ、見るとはなしに隣家をながめた。雨宮家の東に位置する菊川家は、ならびとはいっても、建られた時期がちがい、築数十年の古い家屋で庭も広い。その庭に人影が動くのを認めて、ゆずなは見つからないように体をずらした。シングルの十和子先生は今ごろ病院だから、いるとすれば姪《めい》にあたる菊川美留だ。美留の両親はこの春自動車事故で亡くなり、そのときのけががもとで妹の歩《あゆみ》は意識不明で入院中だ。ゆずなと同じ、高一になったばかりの美留は、父の妹である十和子先生にひきとられたのだという。

長い黒髪にまっ白なほお、愁いをふくんだ瞳の美留はまさに薄幸の美少女。

通っていた東京の高校は名門中の名門だし、高校の編入試験はすべて満点、超が十個くらいつくほど、優秀だ。

転校してきたのが、ゆずなの休みだす一週間前だったから、二、三度一緒に帰ったことがあった。きれいなのは顔だけじゃなく、手の指はほっそりと長く、足もまっすぐで、歯ならびもよい。めったに聞けない声を聞いたゆずなは、これが鈴をころがすような声って言うんだわ、と思った。

《この先、どんな人生をおくるのかしら……》

しかし、美留の運命を思うとどうつきあって行けばよいのかわからず、考えれば考えるほど自分のわがままさとふがいなさにあきれて、肺炎が胃とか盲腸にうつってゆきそうな気がするのだった。

「せめて、菊川さんのおばあちゃんが……いればなあ」

ゆずなは、ふと菊川家の庭を見やって軽いため息をついた。手入れをしていないらしく、雑草が生い繁っている。菊川さんのおばあちゃんが元気なころは、こんなことは絶対なかった。

《どうしてあんな病気があるのかしら……》

七十代前半だから、まだ充分元気に活躍できるはずだった。おじいちゃんと一緒に写生に行ったり、スポーツ観戦をしたり、元気なおばあちゃんだった。ハワイに泳ぎに行く予定もあったはずだった。

ある日、

「あなたのお名前は?」

と、おばあちゃんにたずねられたときは、何かのかんちがいだと思っていた。でも、出かけたまま帰らなかったり、おなべに火をつけたのを忘れてしまったり、油絵の具を食べてしまったり。警察ざたや救急車ざたが何度か重なると、おじいちゃんまでめっきり年をとってしまった。

『施設にはいることにしたんですよ』

そう言ったおじいちゃんは、安心しているように見えた。

《おばあちゃんが元気だったら、美留ちゃんとも仲よくなれたかもしれないのに》

ものごとは、一度悪いほうに転がりだすと、きりがない。

せっかく隣に住んでいるんだから、美留と仲よくなれれば、この先の希望が見つかるのだけど。

そして、ゆずなが美留に声をかけることができない理由は、もう一つあった。

ゆずなが入院している間、美留は一度も見舞いに来てくれなかったのだ。

美留は、ゆずなと同じ病院に入院している妹の歩を見舞って毎日来ていたのに。

《私のことがきらいなんだわ……》

少しでも楽しいことを考えようと思っていても、ひとりでいるとつい暗いことを考えてしまう。

もしかすると、名前すらおぼえてくれていないかもしれない……。

「ねがいをかなえてくれる妖精……かあ。でも、私はひとりぼっちでアビスの星に行って、ひとりぼっちで楽園の星に行くなんて、絶対にやだな」

もし、ねがいがかなうならどこかに行ってしまうことではなくて、ここで楽しく暮らすために必要なものをほしいと思うだろう。

《ほしいもの……》

ゆずなは、寝つけない夜に、ほしいものを順番に数えていく。最初は友達。クラスメートの顔をじゅんぐりに思いだそうとするのだけれど、いつも半分ぐらいで挫折してしまう。二学期に教室で会って、名前がわからなかったらどうしよう。いやな顔をされるんだろうな。

ぎゃくに誰も声をかけてくれなかったらどうしよう。

声をかけても返事がかえってこなかったら……。

「あー、やだやだ。こんな暗い性格じゃなかったはずだったのに。おしゃべりで陽気なゆずちゃんだったのに。さあ、がんばるぞー、ゆずちゃんファイトー、ファイトー」

ゆずなは自分を叱咤《しった》激励《げきれい》し、両手にバスケットボールをもっているのを想像した。

「一、二、三」

いいタイミングでボールは手からはなれ、すぽっとゴールにきまった。

「ナイスシュート」

# ブラックホール

母娘のいい争う声を耳にして、

「また、何を……」

つぶやきかけた菊川美留《きくかわみる》は、あっ、と小さな声をあげた。

「……歩《あゆみ》と母さんじゃなかったんだ……」

母と妹の歩はいつもつまらないことで言い争っていて、よく美留が、いい加減にしなさいよ、とわってはいったものだった。

もちろん、母が本気で相手にしていたわけではない。むきになってつっかかる歩がかわいくて、からかっていたのだ。

隣家のドアがばたんととじる音がすると、あたりは静寂につつまれた。池のコイに目をおとしていた美留は、ふうっと透明な空気の中にため息をつく。越してきて一か月半。都会に生まれ育った美留にはなれないことが多すぎるが、むしろこのほうがよいのかもしれない、と美留は思う。

そうしようと思えば一日中、だまっていられた。

無口な子、という印象が行きわたると話しかけてくる子はほとんどいなくなった。

父の学んだ高校だというので、父の形跡《けいせき》が残っているんじゃないかと思ったが、卒業後、すぐに校舎や部室は建て替えられたとのことだった。場所とグラウンドだけは同じで、なんとなく父が走ったり、転んだりしている姿を思い浮かべようとしたが、できなかった。

「私も同じ高校出身よ、きっと歩も同じ高校に行くんでしょうね」

叔母《おば》の十和子が言った。

「お父さん、天文部だった?」

「どうだったかしら……。夜中に流れ星が見えるからって、たたき起こされたことがあるわ」

「私も一緒に見たかったな……」

「八月に、しし座流星群が来るんじゃなかったかな。夜中に起きて見ようか。田舎の星空は見事よー」

「歩も見られるかしら……」

そしていつのまにか夏休みになっていた。

十和子が仕事に出かけてしまうと、ひとりきり。

だまって、もの思いにふけることができた。

《ここがこんなに静かな場所だったとは思わなかった……》

コイは、大きくもない池の中を日がな一日泳ぎまわる。

広い庭の南側には、こんなにたくさんの種類があったのかと思うほど、たくさんのユリが咲いていた。早いものは五月の半ばから、遅いものは九月ごろまで次々に花をつけるらしい。祖母が好きで、新しい種類が出るたびに買いもとめたのだと聞く。

『大きな花を咲かせるわりには丈夫で、何もしなくても毎年花が咲くのよ、手入れが楽なのも、好きなところよ』

元気だった祖母がそう言っていたのを美留はかすかにおぼえていた。

「おばあちゃんが植えたユリ……」

美留よりも背の高いユリもあれば、腰ほどの小さいユリもある、強い香りを発するものもあれば、ほとんど香りのないものもあった。たしか、夜になると香りは強くなるのだと言っていたはずだ。

「……夜に庭に出てみようかしら、月明かりの下でむせるようなユリの香りなんて、歩が聞いたら喜ぶでしょうね……」

それほど遠いわけじゃないのに、この家に来たのは、七年ぶりだった。それはつまり、七年前、美留がちょうど今の歩と同じ年の八つのとき、家族四人で遊びに来たのが最後ということだ。祖父母《そふぼ》と十和子と美留たち、人数が多いのだから、にぎやかだったのはあたりまえだ。

七十を越えた祖母が認知症《にんちしょう》をわずらってこわれてゆく姿を、父は美留や歩に見せたくなかったのかもしれない。きれいな思い出だけが残るようにしたかったのかもしれない。父だけが、よくこのいえを訪れていたらしく、シャツだのクツシタだのがおき忘れてあった。

《おばあちゃんは、お父さんのことも、お母さんのことも……知らない》

祖母の世話をするのに限界を感じた祖父は、家を十和子にまかせて祖母とともに老人ホームにはいってしまったのだった。

仕事をもち、シングルの十和子では子どもの世話はできない、と反対する親戚《しんせき》がいたし、何がなんでもうちにいらっしゃい、と言ってくれた親戚もいたが、美留は父の妹である十和子のいえに来ることをえらんだ。何よりも、入院している歩のそばにいられるからだった。歩が目ざめたとき、美留がそばにいなくてはならない。まだ八歳では両親を恋しがって泣くだろうし、リハビリだの、何だの、人見知りのはげしい歩はきっとほかの人をてこずらせて回復が遅れるにきまっているからだ。

でも、十和子も三十の半ば、結婚を考えている相手もいるだろう、おじゃま虫になってはいけない。

「しっかりしなくちゃ」

美留は気持ちが沈《しず》みこむたびに自分を叱咤激励する。

「歩がもどってくる前に、住みごこちをよくしておかなくちゃ」

両手を空につきあげて、思いっきりのびをしてうちにもどった。

朝食をすませ、あたりを簡単にそうじした。かたづけ魔、と十和子がいうとおり、へやはかたづいていて、というより物自体があまりない。趣味である音楽に関するもの以外は、もちこまないし、もちこんだとしても、捨ててしまうらしい。くわえて、仕事が忙しくて、ショッピングの暇がないのよ、と十和子は言った。

「二階のまんなかのへやと東のへやをつかうといいわ。西のへやは……もともと兄さんのへやだったんだけど、ここのところ、父さんと母さんが油絵のアトリエとしてつかっていたから、描きかけのキャンパスや古い絵でいっぱいなの。

まん中のおばあちゃんのへやは、長くつかってないから畳をかえていないの……。そのうちにかえるか、カーペットをいれましょう。歩ちゃんのへやにしたらいいわ、まだ早いかな」

来たばかりのとき、十和子は、美留をつれてまわりながらそんな風に言った。

おばあちゃんというのは、美留の曾祖母《そうそぼ》、九十三で亡くなった。美留は会ったことがあるらしいが、記憶にはない。

「お姉ちゃんは、二階はつかわないの?」

十和子が二十のときに生まれた美留は、十和子をお姉ちゃんと呼んでいる。

「二階だけで充分。それから、私のへやはどんどんはいってくれていいのよ、日中は窓をあけておいてくれると、すごくうれしい。においがこもっちゃっていやんなっちゃうのよ、自分のにおいだけど。これがけっこうくさいんだ」

「うん……」

「あんまりあせらないで、なんとなく生活ってできるようになるものだから。やらなきゃいけないことを順番にやっていけば、時はすぎるものよ」

「でも、歩が退院するときのためにきれいにしておかなきゃ」

「そうね。……二階はあなたたちしかつかわないから、トイレのおそうじも自分でするのよ。トイレが汚いとブスになるからね」

「わかった。ブスになったら自業自得なわけね」

十和子が笑わせようとしたのだろうと思って、美留は精一杯の笑みを浮かべた。


東京のいえをどうするかはまだきまっていないが、つかいなれた物がよいだろうという親戚の配慮で、勉強机やベッドなどがおくりこまれていた。歩のへやになる予定のまん中のへやにダンボールが積み重ねられ、その中から必要なものを一つ一つ取りだしてきては、へやを飾っているが、まだ充分とはいえない。


つくりつけのクローゼットや本棚も、ようやく品物がおさまりかけているていどだ。東京では、中学にはいったときにひとりべやにしてもらったのだけど、ここではベッドも机も東のへやに二つずつならべてあった。

「人が住むような具合いになったじゃない」

美留は自分を力づけるつもりで声にだして言った。

その声ががらんどうのへやに響く。

★

病院の面会時間は一時から五時、学校のない日は、十和子と一緒に病院の食堂で食事をしてから歩の病室にまわる。

「歩、もういいかげん目をさましてよ。お姉ちゃん、ひとりじゃつまんない」

横たわる歩に向かって、美留はいつも最初にそう言ってしまう。事故から二か月もたつのに、歩はまだ意識を回復しない。頭のケガを手術するために長かった髪はばっさり切られ白い包帯がまかれている。白すぎるほおや、とじられたまぶたをながめていると、ときおり別人のように思えてくる。

「きっと、ショートカットも似合うと思うよ」

だだをこねるだろう歩に向かって、美留は言う。

「料理も少しはできるようにならないとねー、十和子お姉ちゃんの料理、イマイチなんだもん」

料理じょうずの祖母は美留の好きそうな料理をつくってくれたり、山菜料理を子どもに食べやすくアレンジしてくれたりしたが、十和子はそうはいかない。仕事をしているわりにはめいっぱいがんばって、煮る、焼く、いためる、などとおりいっぺんの料理はこなすが、何でもひと味たりないのだ。

「こる余裕がなくてね」

十和子は言うし、あの忙しさではしかたがないと思う。

美留たちの母は、専業主婦をせいいっぱい楽しんでいて、料理も手芸も得意だった。

「お母さんに少しは習っておけばよかったかな」

きっと、退院しても歩の回復には時間がかかって、体によい栄養のあるものを食べさせなければならない。体によいからと言って、まずいものを食べさせるわけにもいかない。

「ねえ、歩……」

まぶたが動いたような気がして、美留は身をのりだした。

しかし、気のせいだったようだった。

「歩、お友達から手紙が来てるよ、前の学校のお友達。『歩ちゃんが、とつぜんてんこうしてしまって、とてもさびしいです。おともだちはできましたか、リカ』、『ことしのなつやすみのもくひょうは五十メートルをおよぐことです、ジュンイチ』、『いっしょにうえたあさがおがたくさんつぼみをつけています。お花がさいたらしゃしんをおくります、ミユキ』……」

美留は一つ一つ手紙を読み上げる。

きっと聞こえている、きっともうすぐ目ざめる。

そう思いこもうとしても、心のどこかで否定しようと悪魔がささやく。

天国で両親が歩を待っているかもしれない。

美留を待っているかもしれない。

ここで歩を見つめていると、頭にもやがかかってゆくように思える。いったいなぜ、ここでこうやっているのか。色彩さえも失われて、機械の音が呼吸を止めろと言っているように思えてくる。いやな気持ちをふりはらうように思いをめぐらす。

あの日、いったい何があったのだろう。

《三人でどこに行くつもりだったのかしら……》

休日で、自分は友達と原宿に遊びに行っていた。

Tシャツやキャミソールをながめて、甘いクレープを味わって、髪を染めるとか、染めないとか、パーマをかけるとか、ピアスの穴をあけるとか、そんなことを友達としゃべっていたように思う。

携帯電話に事故の知らせがはいって、病院にかけつけたときにはもう両親に息はなかった。飛びだしてきた小犬をよけたトラックが、センターラインを越えてつっこんで来たのだと聞いた。時間から考えて、出かける途中だったらしい。歩がせがんだのか、母が何かを思いついたのか、父が誘ったか。

せめて楽しく遊んだ後だったらよかったのに。

『もうしわけありません、一生かけてつぐないます、もうしわけありません、ごめんなさい……』

二十代半ばという運転手は、美留の前で土下座をして号泣した。

『小犬はどうしましたか……』

美留の問いに、運転手は首をふってこたえなかった。どこかに逃げ去ったらしく、だれもその行方を知らない。

人殺し……。

そうさけびたかったのだろうか。

美留は、あのときの自分の気持ちがわからない。

でも、今は、だれも憎《にく》まない、恨《うら》まない、そうきめていた。

汚い心を少しでももったら、歩まで消えてしまいそうに思えたからだ。

「なんでこんなことになったの……」

歩の寝顔を見ながら美留はつぶやく。

神様なんて絶対にいない。

美留は思う。

悪いことをしたなら罰を与えられてもしかたがないけれど、特に悪いことをした記憶はない。

普通の、ごく普通の女の子だったはずだ。

つい、この前までは。

「じゃあね、歩。また明日くるね」

面会時間が終わる五時に、イスから立ちあがると美留は病室の外に出た。

「美留、よかったまにあった」

廊下《ろうか》を歩いていると、十和子が急いでやって来た。

「お姉ちゃん、また仕事で遅くなるって？」

美留が言うと、

「ごめん」

十和子は両手を合わせた。

「大丈夫、私、しっかりしてるから」

「むりしちゃだめよ、……って私がむりさせてるんだけど。なるべく早く帰るから」

「うん」

「ほんと、いえに帰ったとき、電気がついているとうれしいのよねー」

「お役に立てて」

「ごめんね」

何度もあやまって十和子はいつものようにあわただしくもどっていった。

いえに帰っても美留を待っている人は誰《だれ》もいない。

帰りが遅くなり、怒られたときの言いわけを考えたり、怒る機先を制するための楽しい話を考えたり、そんなことがとても楽しかった。

懐かしい、母の笑顔。

やさしい父の思い出。

《お母さんは、思い出という言葉がきらいだった……》

言葉自体というより、思い出をつくるという考え方がきらいだったのだろう。

『後ろはふりかえらない主義なの、おかしいでしょ、あとでふりかえるために今を生きるなんて。明日、楽しいことがあるなら、昨日の思い出にひたっている暇なんてないもの。一生、先の楽しみを見つけて生きるのよ、今日より明日、明日よりあさって、一年後、どんどん楽しくなってゆくはずだもの』

それが母の口ぐせだった。

でも、もう、美留の未来に両親はいない。

思い出の中……だけ。

美留はひとり、だまってとぼとぼ歩く。

家までは、バスで十分、歩いて二十分。行きも帰りも、すっかりなれた。

団地の中で知らない人に、こんにちは、お帰りなさい、と声をかけられることにも、なれた。ただいま、とつくり笑いを浮かべることも、できるようになった。

ぼんやり歩いていて車道に出そうになり、危ないわよ、とだきとめられたこともある。

とても親切なご近所さん。

美留にとっては見知らぬ人だけど、このあたりの人にとっては、美留はよく知っている女の子。

菊川さんのお孫さん、十和子先生の姪御《めいご》さん、そして、とても気の毒な身の上のお嬢さん。

★

九時すぎに帰ってきた十和子と一緒に一時間ほどテレビを見て、ぽつんぽつんと世間話をしてから自分のへやにひきあげた美留は、カーテンをあけたままベッドにもぐりこんだ。

《歩はどんな夢を見ているのかしら……》

悲しい夢を見ていなければいいのだけれど。

歩のことを思いだすとどうしても眠れなくなる。

堂々めぐりを続けていた美留が時計を見ると、すでに十二時をまわっている。変な風に頭を枕《まくら》に押しつけていたせいか、頭痛がしはじめていた美留はゆっくりと起きあがった。

《眠れないときは、起きてしまったほうがいい》

このいえには、時間をつぶせる場所がたくさんあるのだから。

ふと、思いついて美留は祖父母のへやをのぞくことにした。

十和子を起こさないよう、足音をしのばせて、祖父母のへやに行った。月明かりが緑色のカーテンをとおして、室内は昼間とはまったくちがった様相をしている。つかっていないへやにはほこりがつもっており、美留が動くと白いけむりがわき起こった。

十畳ほどの洋室の北側が、キャンパス置場になっていて数十枚の絵がならび、中央にはイーゼルが二つ、開いたままになっている。祖父母の描きかけなのか、風景画と花の絵があり、どっちがどっちの作品なのか美留にはわからなかった。両方とも大きさは一畳ほど、風景のほうは朝の光の中を鳥が飛んでいる絵、花はユリをアレンジしたのか抽象画にちかい。

《こっちがおばあちゃんの絵かしら……》

美留はユリをながめる。好きで描いたというよりは、何か暗い思いがのりうつっていそうな重い印象をうける。おそらくまだ描き終わっていないのだろう、どこかバランスがくずれているような気がした。風景画のほうは明らかに途中で、まだ色ののっていない部分が残っている。

《おじいちゃんも、おばあちゃんも、苦しんでいる……》

ユリの絵も中途はんぱの風景画も、心のバランスを崩《くず》した祖母がしあげることを拒否した所以のような気がする。二枚の絵を見ていると、胸が苦しくなってきて美留はその場にすわりこんだ。

若いころから絵が好きで暇があるとスケッチブックに向かっていた祖母に、定年退職した祖父がつきあう形ではじめたのだと聞く。

二人でスケッチ旅行やら、展覧会やらとシニア時代を謳歌《おうか》していたらしい。

《病気って残酷だわ……》

美留はため息をつく。

すみっこに小さな天体望遠鏡があり、これが父のへやだったという唯一の痕跡《こんせき》だ。高校生のころは、天文を目ざしたが、物理学から機械設計へと方向転換をしたのだ、と父が言っていたのを美留は思いだした。

《……あれだけ……かな》

進学でいえを出て三十年ちかくたっているのだから、しかたがない。

祖母の絵画好きは父には遺伝していなかったらしい。父は特に趣味をもたず、土日はよく遊びにつれだしてくれた。母は、おしゃれが好きだった、と言っても高い洋服を買うわけじゃなくて、ちょこちょこあみものをしたり、セールで買った洋服に手を加えたりしてかわいらしくしてくれた。

《私にそういうことができたら、歩が喜ぶかしら……》

美留は思う。

一方、祖母は、結核《けっかく》で二十代の大半を療養所ですごしたのだそうだ。このいえに帰りたくて、山が恋しくて、思いだすがままに文章をつづったり、絵を描いたりしたらしい。

ただ、そのつらい記憶をいっさい話さなかったのでどんな思いをしたのか、詳しくは聞いていない。祖父や父をとおしてわずかに聞いただけだ。たくさんの人を見送ったらしい。その中には小さな子どももいたのだろう。自分も覚悟《かくご》をしたことが何度かあったそうだ。

祖母の思いがうつったような胸の苦しみをふりきるように、美留は立ちあがった。

とたんにあたりの色彩が消え、廃虚《はいきょ》に取り残されたような気持ちになった。

ここは、棄《す》てられたへや。死を迎えるばかりに整えられた場所。

《ちがう……。ちがう……》

美留は頭がくらくらしてきた。

ここから出なきゃ。

取りつかれてはいけない。

たぶん、自力で祖父母のへやから出たのだと思う。

美留は自分がどこを歩いているのかわからなかった。はだしの足には、ガレキの感触、乾いた音を立てて終始ふりそそぐ石。どこからか、肌を切り裂《きさ》くような冷たい風が吹いて来る。砂嵐が目をふさぐ。

逃げなくちゃ。

方向もわからないのに、やみくもに美留は前に進もうとする。しかし、何かにつまずいて転んでしまい、

《ああっ》

声のない悲鳴をあげて、石にうもれてしまった。

《いやっ》

ぬけださなくては。

しかし、もがけばもがくほど沈んでゆく。

まるでありじごく。

《助けて、誰《だれ》か……》
下はきっと底のない深い闇。
うもれてしまえば楽になれるだろうか。
そう思ったとき、ふっと硬い岩に手がふれる。
がっちりとつかむ。
全身の力をつかって、体を石の上にあげようとする。
苦しい。
手をはなしてしまおうか……。
そう思ったとき、ふっと歩の寝顔がまぶたに浮かんだ。
《だめ……。歩が悲しむ……》
一瞬あたりが色とりどりの色彩につつまれる。
足場はないものかとさぐっていると、誰かが呼ぶ声が聞こえた。
『こっちこっち』
誰かの声が美留をみちびく。
「ありがとう」

そのほうに手をのばそうとするが、声ばかりで人の気配はない。

ありじごくの奥からも、低い声が呼んでいるような気がする。

『おいでー、おいでー』

その声の響きにくらくらした美留が手をはなしそうになったとき、

『はいあがって』

また上から誰かの声がした。

「わかったわ……。おちるのはいや……」

美留はようやく見つけたかすかな岩場を手がかりにして、ぐいっと腕で体をもちあげる。

ぎりぎりと骨や筋肉が音を立て、とがった石が腕や足をひっかいた。

どうにかはいあがるとそこはガレキでできていた。

美留は肘《ひじ》をつかって注意深く、ありじごくからはなれると、力つきてガレキの上に寝転がってしまった。

「ふうう」

大きく息をはく。

誰かが自分を呼んだような気がしていたのに、そこには誰もいなかった。

ただ、誰かがさっきまでいたように、ちかくのガレキがカタカタと音をたてている。

「私……いったい……」

気づいたとき、美留はベッドに横たわっていた。

「夢……」

目をつぶって、今の光景を思い浮かべる。

無彩色。

こわれて不完全な建物とガレキばかりの地。

「でも……、いやじゃなかった……」

逃げたいと思ったのは見知らぬ場所に突然はいりこんでしまったから。

何一つ完全な物がない光景は、こわれてもいいんだと、こわしてもいいんだと、言っているようで、まるで今の美留の心の中そのもののような気がする。

灰色の世界。

自分も色彩を失ってしまう。

生命体が存在しないことが、むしろ心を安定させる。

「ブラックホール……」
美留はつぶやく。
いつか父に話を聞いたことがある。
すべてのものを吸いこんでしまう深い深い穴……。
ブラックホールの中は時間の流れが変わる……。
すべてを吸いこんで、出てくることはできない。
永遠に……。
体がふわふわ浮いているような……。
重力が消えてしまっているような……。
「誰かが……呼んだ……」
遠く……。
いや、心の中に残っていた声か……。
聞きおぼえがあるような、ないような気がする。

## 祖父のけが

十和子先生《とわこせんせい》をとおして美留《みる》を英会話に誘うと、十和子先生は大賛成で、ぜひに、と言ってくれた。東京にいるころ、美留は高校入学と同時に英会話教室にはいったが、数回かよっただけで中断してしまったのだそうだ。

「習いごとは何かしてた？　私、なーんにもしていないの」

一緒に福田さんのいえに行く道すがら、ゆずなが言った。

「バレエとガールスカウト」

美留が言ったので、思わずゆずなは笑ってしまった。

「うふふっ、なんか両極端。でも、ありそうかな」

「そうかしら……」

「バレエは見るからに、でしょ。で、ガールスカウトはリーダーっぽいから」

「そう……ね。あっていたから続いたのかしら。ほかにもいろんなことをはじめてはみたの、でも、これだけが残ったの」

「いろいろ?」

ゆずなは聞きかけたが、あんまり根ほり葉ほり聞くものじゃないな、と思い直して言った。

「バレエって、テレビで白鳥の湖っていうのを見たことがあるわ。あの白い……チュチュって言うんだっけ、美留ちゃんに似合いそう……。わあ、見てみたいなあ」

ゆずなの脳裏に、美留が踊っている姿が浮かんだ。頭は小さいし、手足が長く、ほっそりした指の先まできれいな美留ならば、世界一すてきなバレリーナになれそうだ。

「バレエは……歩《あゆみ》がやりたいって言ってはじめたの。あの子のほうがじょうずなのよ、私はあんまりリズム感がなくって」

「……そ……そう、歩ちゃん、早くよくなればいいわね。このあたりにも、たまには市民会館にバレエ団が来るのよ。今度、バレエ団が来たら、一緒に見に行かない? よくわかんない人が一緒だとつまんないかもしれないけど、歩ちゃんも一緒に」

「そうね」

「……あの、そういえば、私もいろんなことをはじめたわ。合唱に体操、ピアノに……

どれもちょっとかじってすぐにやめちゃった。中学でバスケ部だったから、高校でもバスケ部にはいったんだけど、全然行けなくて、やめちゃうことになるかもしれない」

「……そう……」

「特にあきっぽいわけじゃないと思うんだけど。たぶん、これが好きってものにあたってないからよってお母さんは言うんだ」

自分に言い聞かせるように、ゆずなは言った。

《お母さんの話をしちゃ、まずかったかしら……》

ゆずなは思って、早口でつけ加えた。

「いつか、何かすごくおもしろいことを見つけようと思ってるんだけど。ESSなんかどうかなあって思ってるんだ。得意じゃないけど、英語は好きだから」

「……そう……」

美留は、沈《しず》んだ口調でうなずく。口数が少ないのが、本質的なものか、一時的なものか、ゆずなにはわからない。

《はじめてだもの、しかたない……》

いきなり仲よくなろうとしても、むりというものだ。

「部活はするの？」

ゆずなが聞いた。

「ううん、まだ考えていない」

「バレエ教室も、ガールスカウトもあると思うわよ、いい先生がいるかどうかはわからないけど……」

「うん……」

「私ね、夏休みには、野山の花の名をおぼえようと思っているの。見たことはあっても、名前は知らない花ばかりだから。もんのすごくお花が好きってわけじゃないけど、せっかくたくさんあるから、おぼえると楽しいかなって」

「そう……」

「庭だって、お母さんが花壇をつくっているのを手伝ったこともないんだ。外で遊ぶほうが楽しくって」

また、お母さんの話をしちゃった、とゆずなはちらと美留をうかがったが、聞いているのかいないのか、表情には現れない。

「あ、見て見て、あのちっちゃいの、ネコかと思ったらワンコ」

ゆずなは、前から歩いてくる人がつれていた小さな犬を見て、声をあげた。ゆずなの声が聞こえたらしく、犬をつれていたおじさんが、にこにこして言った。

「これでも、おとななんだよ」

「えーっ、そうなんですかー。かーわいいっ」

「三キロしかないんだよ」

「さわってもいいですか」

「いいよ、さおりちゃん、だっこしてもらいなさい」

「さおりちゃんっていうの？　わあ、かわいいっ」

ゆずなは、小さな犬をだきあげて、ぎゅっとだきしめた。

「わん」

犬はないて、ゆずなの腕から逃げだし、おじさんの後ろに隠れた。

「いやん、かーわいいっ、ばいばい」

ゆずなは手をふり、ぼうっと立って待っていた美留に笑いかけた。

「やっぱり小さくても犬は犬なのねー、ちゃんと一緒におさんぽができる、ね、犬とネコどっちが好き？」

「……犬かしら」

「ふーん、美留ちゃんは犬派かあ。私はネコ、あのふにゃふにゃ感がたまりませんわ、へへへっ、ほんとは飼ってほしいんだけど、世話ができないってお母さんが言うの」

美留がどう考えているのかよくわからなかったが、だまって歩いているのが気づまりで、ゆずなは考えつくかぎり話を続けた。

福田さんのいえまでは歩いて二十分ほどで、高校の帰り道なら少し遠まわりになるけれど通いやすい場所にあった。時間は、夏の間は十時から十二時、歩の見舞いに行く美留にあわせてきめた。

「まず、一学期の復習からはじめましょう」

福田さんは言った。

「本当は、教科書なしで会話からやりたいけど、学校の勉強が気になっているのでしょう?」

「そうなんです。美留ちゃんには迷惑かけちゃうと思うけど、全然授業に出てないし、試験もうけていないから、心配なのです」

ゆずなは練習してきた言葉を伝えた。すると、美留が、

「……私も一学期はあんまり勉強に身がはいらなかったから……」

と言ってくれた。

「じゃあ、そうしましょう。最初のページを開いて」

そうなると、ゆずなは美留に気をつかっている余裕はなくなった。チャンスをもらった以上、英語だけはがんばって勉強しようと心にちかっていたからだ。

しかし、二時間の授業が終わると、美留がかなり頭の回転が早いことがわかった。

《そうとうがんばらなきゃ、おいていかれるな……》

ゆずなは、もう一度気をひきしめた。

「ねえ、昨夜、外に出ていたでしょう。……二時か、三時ごろ」

帰り道でゆずなが聞くと、

「え?」

美留はふしぎそうな顔をした。

「目がさめちゃって、そういえば天気がいいから星がきれいかもしれないって思って起きだしたの、そしたら庭に美留ちゃんがいて」

「庭になんて出ていないわ」

ゆずなは、絶対に見まちがいではない、と思ったが、隠したいならわざわざ言う必要もないので、

「じゃ、じゃあ、十和子先生だったのかしら」

と、いうことにしておいて話を変えた。

「ねえ、ひかるこって知ってる？　十和子先生が教えてくれたの、ねがいをかなえてくれる妖精」

「……聞いたことがあるかもしれない」

美留は珍しく、ゆずなのほうを見て言った。

「ほんとはね、見つけられるかもしれないって思って外を見たんだ。妖精を信じているなんて、がきっぽいと思う？　へへへっ」

てれくさくって、ゆずなは笑ってしまった。

「ねがいを……かなえてくれる妖精」

しかし、美留が沈んだ口調で言ったので、ゆずなの笑いはひっこんでしまった。美留こそ、ひかるこに会うことを痛切にねがうにきまっている。

事故の話、両親の話、兄弟の話も、みんなタブーだから何を話してよいのかわからない。

はじめてしまった話を途中で打ち切るわけにもいかない。今日の数時間で、笑いかけたほおが途中でひきつってしまうことが何度あったことか。

《やっぱり私には重荷だなあ》

ゆずなは思う。

ほかの子なら、何をねがいたい？　っていう話になって、ボーイフレンドの話や、海外旅行や、おいしいケーキの話に流れていくはずなのに。

「ゆうべは……恐い夢を見たの」

だまりこんでいた美留が突然言ったので、

「あ、そ、そう。どんな？」

と、ついゆずなは聞いてしまった。事故の話とか、誰《だれ》かが死んだ話なんてされたらどうしてよいかわからないくせに。

「ありじごくにはまってしまったの。下は深くて、どこまでも深くて、何も見えない。ブラックホールみたいなの。上から誰かが呼んだような気がして、一生懸命はいあがったんだけど、そこには誰もいなかった……。どうにかぬけだしたら、そこはガレキがどこまでも続いていて」

「ガレキ？　それ、アビスの星じゃないの」

ゆずなは身をのりだしたが、

「エビス？」

と、美留が言ったので、あはははっ、と笑ってしまった。

「エビス様ならおめでたいわねえ」

「誰が呼んだのかしら……」

美留は、ゆずなの声が聞こえなかったかのようにつぶやく。

《きっとご両親よ、ありじごくになんかはまっちゃだめって言ったのよ……》

ゆずなはそう思ったが、しらじらしくって口にだせなかった。でも、美留がいつまでもだまっているので、

「十和子先生じゃないの？　うなされていたから、起きなさいって言ったとか。私も大きな声で寝言を言って、お母さんがびっくりしてへやに来たことがあるの」

言いながらゆずなはちょっと笑ってしまった。

しかし、美留は呆然《ぼうぜん》とした口調で言った。

「お姉ちゃんが…歩じゃないかと思っていた……」

「ち、ちがうわよ、歩ちゃんなら上で待っているでしょう、ガレキだって遊ぼうと思えば遊べるもん。十和子先生にきまっている、起きなさいって言ったんだわ」

「……う、うん……」

口ごもる美留の腕や足に、何かでひっかいたようなキズがあるのを見て、どうしたのかしら、とゆずなは思った。

《まるで、夢の中でありじごくからぬけだすときについたようなキズみたい。まさかね……》

何かでひっかいたから、そういう夢を見たにきまっている。

《ひかるこが、美留ちゃんの前に現れますように、なんてねがえるぐらい心やさしい子になれればいいんだけど……。やっぱり私の前に出てきてほしいんだなあ》

ゆずなが軽いため息をついたとき、

「じゃあ、これから病院に行くから」

と美留はバス停へと去って行った。

「じゃあ、またねー」

ゆずなが声をあげたが、美留はふりかえらなかった。

《何か、キズつけるようなこと言ったかしら……》
言ったとしても、どれがそうだったのかゆずなにはわからない。
明るく、明るく、前向き、前向き。
一生懸命自分に言い聞かせるのだけど、気持ちをなえさせるものがあまりにもたくさんある。

★

階下で両親が言い争っている。

声を押し殺してはいるけれど、気配は二階まで伝わって来る。このところ、毎晩だからだ。帰りの遅い康之《やすゆき》に、文子《ふみこ》が抗議している。話は堂々めぐり。仕事は誰にもどうにもならない。

ゆずなに出るまくはない。

もし、ひかるこがいたら、何をねがおう。

ゆずなはヘッドホーンを耳にあて、ベッドの上でひざをかかえた。

何かがくるいだすと、次から次まで悪いことばかり起こる。

《きっかけは、カサ……》

おきガサをだれかにつかわれてしまい、ぬれて帰ってカゼをひいた。高熱にうかされて眠り続けるゆずなの枕《まくら》もとで、文子はとても心細い思いをしていたのだという。ゆずなが入院しなければ、康之の帰りの問題はもう少し先のばしになっただろう。そのうちいつか問題になるとしても。

「カサなんて、誰かに借りるなり、途中まで誰かにいれてもらうなり、できるでしょう。それに、百円で買えるカサだってあるのよ、知っているでしょう」

文子に言われなくても知っていた。

《あのとき、カゼをひきたかったのかもしれない……》

もっと早い段階で、クラスに、学校になじめないことに気づいていた。

「ふあーあ」

ゆずなはいやな気持ちをふりきるようにのびをして、ベッドにすわりこんでつぶやいた。

「こんなのってないよねえ」

『ひかるこ』はまん中あたりから落丁《らくちょう》になっていて、図書館に問い合わせると、ほかに在庫はなく、古い書物なので長い間のうちになくなってしまったのだろう、と説明された。もちろん、絶版になっていて手にはいる可能性はほとんどない。

アビスの星についた子ども、ミン、が男の子か女の子かの記述はない。ミンは、ひとり、ひかるこをおいかけて、ガレキの荒野を歩いて行く。荒野をぬけると、こわれかけた石造りのパルテノン神殿に似た建物があり、さらにコロッセウムや城がそびえている。いずれも、こわれたりかけたりしていて、完全な建物ではない。

生き物の気配はない。

色彩もない。

ミンは、それでもぐんぐん進んで行く。

かならず、ひかるこを見つけようとしているのだ。

「あの星に行くためには、どうしてもひかるこを見つけなくちゃ」

楽園の星をながめてミンはつぶやく。

書かれたのが昭和二十年代で、作者が二十代だから、遠い異国に夢をはせたのだろう。そうでなければ、戦後日本の荒廃に目を向けるのがいやだったのか。ゆずなも映画かドラマで見て、浮浪児がうろつくすたれきった日本の姿は知っていた。それよりもまだ、こわれてはいても、異国の神殿や城のほうが夢を感じることができた。

その和洋どちらかわからないストーリーに登場するミンは白の上下を身につけていて、これも時代、国籍ともに不明だ。

「しかたがないから、この先は自分で考えようかなあ……」

ゆずなは、ノートとペンを取りだした。

いつかはひかるこに出会えるということはきまっているのだから、ちょっとぐらい苦労したほうがいいし、できれば友達ができたほうがいい。

「でも、こんな見捨てられたガレキやお城の残骸《ざんがい》の中に、ひかるこがいるのかしら」

夢をかなえてくれる妖精なら、草花の中にほほえんでいそうなものなのに。

それとも、こういう無機質な所で助けてくれるやさしい人が現れるのを待っているのだろうか。

「ねがいをかなえてくれる妖精だもの、そんなに簡単につかまえられるわけないか」

孤独で、つらくて、苦しくて……そんなときにようやく現れる。

心の底に、努力の後で、という言葉が浮かぶ。

わかってるわよ、とゆずなは言葉を心の底にとじこめる。

「そういえば、エビスだって。美留ちゃんてば。……ホントにエビスかな……」

ゆずなは辞書でエビスをひく。

「恵比寿、七福神の一つ。恵比寿石、恵比寿神の神体とする意思、恵比寿扇、年始の祝いにもちいる。

やっぱり、もともとはエビスだったのかもしれない。ひかるこは福の神だもの。

夢をつかむ星、そうだ、楽園の星に行くことより、ここを楽園の星にすることを考えたほうがいいわね。自分が楽しめて、あとから来た人も楽しめる、ほかの人が来たくなるような場所にアビスの星を変えてしまおうかしら……」

花のタネ。

苗木。

どちらにしろ、何もないアビスの星で手に入れることはできない。

「ガレキのもとになるものなら……。そう、高い高い塔なんてどうかしら」

見なれない風景を見ると、何かちがうものが見えてくるかもしれない。行ったことのない場所に行けば、ちがう発見があるかもしれない。

背筋をのばし、遠くをながめる。

小さくかがんで、見たことのない石の下や、物陰を見つめる。

ゆずなは自分がしなければならないことを、ミンにさせようとしていることに、気づいていらいらしてきた。

そのとき、階下でガシャンと何かがわれる音がした。

「おちつけって」

康之の押し殺した声が聞こえる。

「んもう、いい加減にしてよっ」

ゆずなは立ちあがって、階段をかけおり、居間のドアノヴに手をかけた瞬間、電話がなった。

「はい、雨宮《あめみや》です」

文子がとがった声で出る。

「……どうしたゆずな?」

グラスを片づけながら父が聞いたが、機先を制されてゆずなが立ちつくしていると、

「えっ」

と、文子の顔色がくもる。

「わかりました、大至急、行きます。大丈夫です、娘ももう高校生ですから」

受話器をおくと、文子が、

「おじいちゃんが、けがをして病院にはこばれたって。明日、一番で行きます」

と言い、キッチンに立ってしまった。

「……おじいちゃん、けがって?」

恐る恐る文子にゆずなが聞いたが、

「わからないわ、とにかく、行くから。ゆずなはちゃんとしていてちょうだい」

文子は言って、その背中にもう話しかけることはできなかった。

祖母《そぼ》は三年前に他界し、八十になる祖父はひとりで暮らしている。

「ゆずなひとりで大丈夫か」

康之が聞いたので、

「あたりまえです」

ゆずなはこたえた。

でも、心の底がしくしくするのを感じていた。

★

早朝、文子が階下でぱたぱた動いている音に起こされてゆずなが階下に行くと、

「むりしないで寝ていなさい。また具合いが悪くなったらたいへんでしょ」

文子がそっけなく言い、

「だいじょうぶか、ひとりで」

康之がまた言ったので、

「しつこいっ」

ゆずなはぶすっとしてテレビの前にすわりこんだ。

「向こうについたら電話するから、何かあったら携帯に連絡するのよ、ゆず、聞いてる？」

「ゆっくりしてきていいよ、私、平気だから」

「何よ、今まで仮病だったたって言うの？　心配させるだけさせせといてっ」

「いちいちうるさいなー」

「ちゃんと栄養を考えて食べるのよ、おかしばっかり食べるんじゃないわよ」

「お母さん、ゆずなは高校生だよ、そのくらいわかっているだろうよ」

「どうだか、どうせ、すぐに泣き声で電話かけてくるわ」

「そんなことしないわよ」

「すぐに帰ることはできないからね」

「いいわよ、別に」

「もういいから、したくして来いよ、七時半には出るんだから」

康之にうながされて文子は洗面所に行ってしまった。

「おじいちゃん、たいしたことないといいんだけどな。今年、我《わ》が家《や》は厄年《やくどし》か？」

「……高校受かったから、厄年じゃないと思う」

「あ、そうか」

気のぬけた会話をしているうちに、時間になり、両親は出かけてしまった。

「なんか……、変な感じ」

ひとりきりになると、夏なのに空気が冷えてきたような気がした。

ゆずなは文子が用意した朝食をお盆のせて居間にもってきた。テレビのワイドショーでは今日もまた悲痛な顔のレポーターが、凶悪殺人事件の話をしている。

「……人を殺して幸せになれるわけ、ないじゃん」

ゆずなはつぶやく。

「でもきっと、その瞬間、そんな当たり前のことがわかんなくなっちゃう……」

いつも文子が言っているようなことを言ってしまい、どうでもいいけど、と言い直す。

ゆっくり朝食を食べたつもりだったのにまだ八時になったばかり。

テレビを消して自分のへやにかけあがる。

「……どうしよう……」

本を読むとか、勉強をするとか、音楽を聴くとか……。

何もやりたくない。

「どこかに行こうかな……」

今の時間に開いている場所は、図書館くらいだ。

「誰かにメールしようかな……」

でも、メールの内容が思いつかない。いつも、どうでもいいことをメールしているのに、
こういうときにかぎって、そのどうでもいいこと、すら頭に浮かばない。

「……美留ちゃん、どうしているのかな……」

ふと、ゆずなはベランダごしに菊川家をながめた。

庭に人影はない。

「毎日、ひとりで何をしているのかしら……」

しかし今、人様のことを考えている余裕はない。

このままひとりっきりでこのいえにつまっていたら、どうにかなってしまいそうだ。

ゆずなは急いで着替えて、いえを飛びだした。犬も歩けば棒にあたる、いえにいるよりは何かましなものにぶつかるように思えた。

《お花の本を買うか借りるか、マンガの本でも立ち読みするか、お花屋さんで苗か種でも見るとか……》

歩いていると、重くのしかかっていたいやな気持ちが少しずつ軽くなるのを感じた。すぐに額や首のあたりに汗がにじみだす。バスから外をながめていると、花屋さんが開いていたので急いでおりた。

「いらっしゃいませーっ」

アルバイトらしいエプロン姿の店員が明るい声をあげる。

小さく目礼してゆずなはゆっくり花鉢の間を歩きまわる。色とりどりの名も知らない花に、ゴデジア『変わらぬ愛』、ジニア『幸福』、せいようおだまき『愚者』、ベニバナ『包容力』などと花の名と花言葉を記した札がさしてある。

「なにかおさがしですか」

声をかけてきた店員は、ゆずなとさほど年の変わらないように見える。

「……今、植えてもいい花ってありますか」

ゆずなが聞いた。

「暑さに強い苗もあるわよ。技術が進歩しているから、暑さ寒さに強い植物がたくさん出ているのよ」

「……技術？」

「遺伝子組み換えってわかる？」

「納豆に、遺伝子組み換えの大豆はつかってないって書いてあります」

「そうそう、食べる物は制限されているけど、お花は許されているの。だから、増えたからってむやみに野山に植えるのはだめよ、生態系をこわしちゃうから」

「へ……え」

店員さんの説明にゆずなはゆっくりとうなずいた。

「植物の世界もなかなかたいへんなのよ」

「……弱肉強食か。人間は、温室育ちは弱いって言うけど、植物はちがうんですね」

ゆずなが言った。

「そういえばそうね」

「私……温室育ちだから、植物に負けちゃいそう」

「なーに言ってんの、人間は動けばいいの、居心地のいいところにとっとと歩いて楽しく暮らすのよ」

「そうだった……」

「歩いて来たんでしょう？　もって帰るなら、苗じゃなくて夏植えの球根か、種がいいんじゃないかな」

「夏に植える球根って、あるんですか。それも遺伝子組み換え？　夏休みに庭仕事する人が多いから？」

「あはははっ。ちがうちがう、もともと暑さに強い植物もあるのよ。こちらにどうぞ」

店内にたくさんの球根がぶらさげてあるラックがあった。

「簡単そうでなるべく早くお花が咲くのがいいな」

ゆずなが言った。

「リコリスはどう。今植えれば、一か月で花が見られるわ」

「リコリス……ヒガンバナ科？　お葬式の花の？」

球根の育て方、を見てゆずなが聞く。

「赤いのはいかにもそんな感じだけど、いろんな色があるのよ」

写真にあるリコリスはピンク、黄色、青、桃と白、などさまざまの種類がある。

「簡単なんですか？」

「庭に植えて、水をやれば、何年でも咲くわよ。あんまりこみあったら、株分けしてあげて」

ゆずなは庭にリコリスの花がならんでいるのを想像した。

「秋に咲くんですね」

「そうよ、もし、咲かなかったら文句言いに来てちょうだい。何か別の秋植え球根をさしあげます」

「ホント？」

「はい、そのくらい簡単に育ちます」

店員さんは断言する。

「一か月後って未来ですよね。リコリスが咲くのは未来ですよね」

ゆずなが言った。

「なんだか、大げさだけど、未来と言えば未来ね」

「未来に花を咲かせるっていいな、未来にいいことがあるって、なんかうれしい、えっと……」

ゆずなは、ピンク、ブルー、黄色、白、縞《しま》とリコリスの球根を五袋買った。

「これだけあれば、あなたの未来はとってもにぎやかでしょう」

店員さんがそう言って渡してくれた袋をもち、ゆずなは店から出た。

《ちょっと多かったかな……》

袋の重みを感じながら歩きだすと、前方からさあっと自転車が来て、少し行きすぎてから止まった。

「ゆずな？　あ、やっぱりそうだ」

ふりかえると、クラス委員の榎本《えのもと》実佐子《みさこ》だった。同じ中学の出身で入院中に何度かお見舞いに来てくれた。

「あ……あの、お見舞いありがとう」

「ううん、もういいのね。電話しようと思ってたんだ、七月の終わりにクラスの有志で海に行くんだけど、どう？　行かない？」

「海？　いいの、私も行って」

「よくなきゃ誘わないって。サイクリングって案もあったんだけど、この暑いのにサイクリングはきついし、体力にも差があるでしょ。海なら、途中参加も途中棄権もできるからって」

「うん、行くう」

と言ったゆずなは自転車かごの中をちらりと見た。英語の見出しが見える。

「これ？」

ゆずなの視線に気づいた実佐子が、袋から英書をだして見せた。

「夏休みに読もう思って。ほら、高校って宿題ないじゃない」

「……うん、すごいなあ」

「すごくないわよう、これ、中学生でも読めるって言われて買ったんだから。遊べるのは二年までだからさー、思いっきり遊ばなくっちゃねー」

英書を読むのが遊び、と言い切る実佐子にゆずなは感心するしかなかった。

「ね、菊川《きくかわ》さんって近所だった？　私からも誘うけど、ゆずなからも誘ってくれるかな」

「あ、うん、誘ってみる」

「よろしくぅ」

実佐子は言いたいことだけ言うと、来たときと同様、さあっと去って行った。

先にある大学受験のことまで考えている。

《みんな……前に歩いている……》

本当は海に行くのも少し気が重かった。

美留を誘うのはもっと気が重い。

やさしかった菊川さんたちにも十和子先生にもとてもお世話になったし、いろいろ事情をかかえた美留に気をつかえる子でありたいとは思うのだが。

《美留ちゃんの暗い顔を見ていると悲しみの中にどんどんひきずりこまれそうで、恐くてたまらない……。ひかるこ、私を助けて》

球根の袋が重かった。

《これ、どこに植えよう》

美しく咲いたリコリスを思い浮かべようとした。

## 祖母の絵

美留《みる》は、歩《あゆみ》が目ざめたとき、たよりになるかっこいいお姉ちゃんでいるために、勉強をしっかりやっておきたいと思ったが、知らない子ばかりの教室は息がつまった。東京時代の友人は、メールや手紙を何度も送ってきたが、返事を一度もださなかったら、だんだんへって、今ではほとんど連絡がない。

他人とかかわるのはおっくうだ、と美留は思った。

とりわけゆずなは苦手だった。

笑ったかと思うと、急に真顔になる。

次の動きが読めない。

ゆずなにあわせてつくり笑いを浮かべようとしたとたんに、沈《しず》みこんでしまう。沈みこんだかと思うと、道ばたの何かを見つけて笑いころげる。そして、まただまる。

強烈な色彩。

周囲におさまった品々をすべてひっくりかえしそうな勢い。

ごちゃごちゃしていて……。

騒がしい……。

とても同じ年だとは思えない。

《まるで……、まるで……》

美留は首をふる。そんなはずはない。

それとも自分が変に年をとってしまったのだろうか。

そうかもしれない。

急に二十歳くらい年をとってしまったような気がする。

《……それに、どうして私の夢に興味をもつのかしら……》

それから、妙なことを言っていた。

《私が夜中に庭を歩いていたなんて、頭がおかしいみたいじゃない……》

六時少し前にいえに帰った美留は、ひとまわり窓をあけはなして空気の入れ替えをし、夕食の準備をはじめた。十和子の帰りは八時をまわることが多かったが、ちゃんと帰ってきたし、どんなものでも喜んで食べてくれるので、つくりがいはあった。

《ひとりっきりなのに、どうしておちつかないのかしら……》

まだいえになれていないからだろうか。毎日、見なれないものを発見するような気がする。以前は、知らないことを知ったり見つけたりするのが楽しかったが、あの日からこっち、ちがうことを見つけるたびに、ドキドキして、呼吸が苦しくなってしまう。お母さんやお父さんの知らない自分になって行くのが恐くてたまらなかった。

それに、自分が変わってしまうと、目をさました歩が不安に思うにちがいない。

《前と同じことをはじめてみたほうがいいのかしら……》

バレエか、ガールスカウトか。

歩はきっと、一緒に何かをやりたがるから、歩の好きそうなことがいいかもしれない。歩も、新しい小学校になれなきゃならないし、それまでに友達をつくったほうがいい。

美留の心は、いつも歩の上にある。

《私はまだいい……。もうすぐ十六だし、あのとき、車にはのっていなかったから……》

もしかすると、歩がどこかに行きたいとねだったのかもしれない。

あの朝、美留が友達と出かけると聞いて、一緒に行きたい、とだだをこねた歩に、帰ったら遊んであげるから、と美留は指切りをした。

《目をさましたら、約束をはたしてあげるのに……。毎日、朝から晩までずっと一緒にいてあげるのに》

美留は浮かびそうになった涙をふりきった。

《だめだめ、あまやかしたら、ワガママな子になっちゃう、ね、お母さん》

自分でもわかっているのだが、急に消えてしまった家族から心をはなすことなどできるわけはない。ふと、空を見あげた美留は、

「あっ、一番星。そうだ、天体望遠鏡っ」

急いで祖父母のアトリエに行った。天体望遠鏡にかかったビニールをはずすと、ほこりが舞いあがる。思ったよりも重くて、へやのまん中にもちだしただけで、美留はすっかり疲れきってしまった。

《体力がなくなったような気がする……》

ひざをかかえて深い息をする美留のかたわらに、古い絵が立てかけてあった。

すみにMANAとあるから、祖母の描いたものなのだろう。

祖父母《そふぼ》のお気に入りの絵なのだろうか。

複雑な陰影をふくんだ緑が全体にぬりこめられているが、その中にふわっと何かが浮か

びあがる。

《何……》

美留は目をこらす。

空気の中に、きらきらした何かが浮かびあがる……。

《ひかるこ……。ゆずなが言っていた……》

ちがう、もっと前に、どこかで、話を聞いたことがある。

《おばあちゃんだったかしら……》

話を聞かせてくれた……。

遠い遠い昔。

美留は記憶をたどったが、いつどこで聞いたのかも、ストーリーもはっきりしなかった。お話を聞かせてくれるなら、祖母にきまっている。もしかすると、記憶がばらばらになった祖母は、今ごろその星に住んでいるかもしれない。そう思うと、美留は少しだけ楽しい気持ちになった。

祖母の魂は、妖精が住んでいるすてきな星にいて、徘徊《はいかい》しているときも、夜中に起きだすときも本当はその星にいると思いこんでいるのだ。祖母はすでにそこに住んで楽しい思

いをしているのかもしれない。やさしい祖母の笑顔を思いだすとすぐに、

《歩にも教えてあげようかしら……》

美留の思いは歩のもとに帰って行った。

ふと、無意識にむずがゆい腕をかいていた美留は、ひっかききずがいくつもあるのに気づいた。

《何かしら……。いったいどこで……》

何かにふれたおぼえはない。

あるとすれば、夢の中だけなのに。

頭が重く、沈《しず》んでゆく。

「誰《だれ》か……。教えて……」

ひざをかかえたまま、くらりとキャンパスに倒れこみそうになった美留は手をついたつもりだった……。

「え……」

手はキャンパスをとおりぬけて中にのめりこむ。

あわてて身を起こした美留は、むりに笑ってみた。

「や、やだどうかしてる」

とうに日が沈み、うす暗くなっていた。

「気のせいよ……」

しかし、手には何かキャンパス地じゃないものをさわった感触がぬけず、手に何かかたい、そう、ガレキが爪の間にひっかかっていた。

「まさか、きっと絵の具のかけらよ、そうにきまっている」

美留はそうつぶやいたけれど、なぜかその絵から目をはなせずに天体望遠鏡と一緒に自分のへやにもちこんだ。

明るい場所でよく見るとふしぎな陰影があり、方向によっては、ユリの花が浮かびあがったり、小さなわき水が浮かびあがったりした。

「おばあちゃん、絵の才能があったんだわ……。だからふしぎな気持ちになったのよ」

大きな声をだすと、頭がはっきりしてきた。

「コンクールか何かにだしてみたらよかったのに」

小さなグループ展に絵を出品するのを楽しみにしていたひかえ目な祖母を思うと、美留は鼻の奥がつんとした。

こわれた記憶を取りもどせないことに気づいたとき、とても苦しんだだろう。そして今、老人ホームで祖父を思いだせない自分にいらだっているにちがいない。もしも、本当にひかるこがいるのなら、祖母の心が休まるように、祖父がのんびりできるように、と美留は心の中で祈った。

★

「ごめんね、あんまり話し相手をしてあげる時間がなくって」

十和子《とわこ》は言い、

「星が好きなら、プラネタリウムに行こうよ」

と、美留を誘ってくれた。

「プラネタリウム?」

「そう、兄さんによくつれて行ってもらったの、ほら、十二も年がはなれていると、小さいお父さんみたいで、ずいぶんかわいがってもらったし、門限に遅れると二重に怒られたのよ、迷惑ったらなかったわ」

十和子は、おかしそうに笑った。

「門限って何時だったの?」

「四時よ、兄さんがいえにいたのは私が六つのときまでだもの。お母さんは怒らないのに、兄さんが怒るんだもん」

「お父さん、門限にはそんなにうるさくなかったなあ」

「世間を見ると少しはまるくなるのよ、さあ、のって」

美留は、十和子の愛車の助手席にすべりこんだ。

「公園の中にあるの、公園と動物園とプラネタリウムと水族館と、なんでも一緒にあってやたら広いの。そのうち、歩もつれて行ってあげようね」

十和子が言った。

「歩は、水族館でお仕事をするのが夢なの。歩も私も泳ぎは苦手なんだけど」

「泳げないの？　じゃあ、水泳スクールに行ってみる？」

「そうね、歩と一緒に行ってみようかしら」

「それがいいわ。都会の水族館のほうが、立派かもしれないわよ。このあたりそういう所には行く人があまりいないもの。海や山で遊ぶほうがおもしろいでしょ」

「わかるような気がする。歩が喜ぶと思うわ、外で遊ぶのが好きだし、たくさんの星も見たことがないはずだわ」

歩の話ばかりをしているうちに、プラネタリウムのある公園についた。十和子の言葉どおり、無料という広い広い駐車場はがらあきで、ローラーブレードやスケートボードならまだしも、キャッチボールやドッヂボールをしている子どもまでいた。

「移動するだけで体力がつきそうでしょ。……私みたいに通勤時間十五分なんて、夢のようなんでしょう」

「お父さんは片道一時間十分かけていたわ」

「たいへんねえ……」

駐車場の周囲に生い繁っているのは桜の樹で、春になるととてもきれいに咲きほこるのだ、とか、自然にだけはめぐまれているのよ、とか十和子はそんなことをとぎれとぎれに話してくれ、美留は、うん、そう、などと簡単にうなずいた。たしかに空気は都会よりもずっとすんでいて、人が少ないから呼吸も楽にできるような気がした。

「いつもこんなもの？」

美留が思わず言ったように、電気代のムダづかいじゃないかと思うぐらいプラネタリウムの中はがらんとしていた。

「私もひさしぶりだから、わからない。……中学生や高校生のデートスポットなのかもしれないわね」

十和子は声をひそめる。

「お姉ちゃんも来たの？」

「まあね、ほかに行く場所ないもん。もしかすると、兄さんがつれて来てくれたのは、デートの下見かもしれないわ」

「ふーん」

ライトが暗くなると、次から次へとカップルがはいってきて、

「ね、やっぱりそうなのよ」

と、十和子が言った。

ナレーションは、星の説明から神話へと話がうつって行った。

隣で十和子の横顔を見ていた美留は、ふと父を思いだした。正面からではわからなかったが、やはり兄妹というだけあって、よく似ている。美留は母似、歩は父似と言われてきたが、自分も父に似ているところがあるのだろうか。

「兄さんに、星の名前をたくさん教えてもらったわ。一番好きだったのは、天の川。私も、なかなか泳げるようになれなくて、そんなとき、お星様の中だと思ったらいいんだよ

って兄さんが言ったわ。今思うと、ニキビ面の高校生がよくそんなロマンチックなことを言ったものだと思うんだけど、あれは効果的だった。水がちっとも恐くなくなったもの。今では二千でも、三千でも平気で泳げちゃう……」

十和子の話を聞いているうちに、気づくと、美留はガレキの中に立っていた。

あの夢が続いているのかしら、と美留は自然にその場をうけいれていた。

地震で建物が崩《くず》れたのだろうか。遠くには、なにやら社会の資料集で見たような石造りの建造物が傾いて建っているのが見えた。色彩はほとんどがグレーか白。空には、星がふるほどまたたいている。太陽も月もないのに、なぜか明るい。

《だれかがいるような気がするんだけど……》

風もないのにかたかたとガレキの音がする。

ほんのちかくにうすぼんやりした人影を見つけて、

「あっ」

と、声をあげたとき、十和子にゆり起こされた。

「美留、美留、どうしたの。恐い夢でも見た?」

気づくと、周囲の視線がみな、美留に向かっている。

「う……ううん」

美留は首をふった。

「やっぱりちゃんと病院に行ったほうがいいなあ。この前だって、夜中に庭を歩きまわっていたし」

「え？」

「おぼえていない？　何かがさがさしていると思ったら、ユリの花をかたっぱしから折ろうとしていたの」

「そんな……」

そういえば、ゆずなに、夜中に庭にいたでしょう、と言われたことがあった。

本当だったのだろうか。

「花がほしければとってもかまわないんだけど」

「……おぼえていない……」

「そう……。あんまり気にしないほうがいいとは思う、できるだけ何か楽しいことをさがそうね」

「……うん……」

うなずいたけれど、歩が目ざめること以外に楽しいことなんてあるわけがないじゃない、と美留は思った。

「むずかしいとは思う。でも、少しずつ前に向かって歩いてみよう。私も協力するから」

十和子の言葉は、美留の心にはとどかなかった。

美留は、自分の心はガレキでできているのじゃないかと思っていた。だから、ガレキの夢ばかり見るのだ。

そうじゃなければ廃虚《はいきょ》。

もとにもどすことなんて、永遠にできない。

いえに帰り、十和子に教わりながら、天体望遠鏡をセットして月の表面をながめた。

「兄さんが、おこづかいをためて買ったものなのよ、たしか、中古だったはず」

十和子が言った。

「東京は明るいから、星もあんまり見えないでしょう。今日は天の川がきれいに見えるわよ」

脈絡なく話し続ける十和子に、

「天の川……」

美留は、ぼんやりとかえす。

東京でも、マンションの屋上に行って星をながめたことがあった。

「流れ星がたくさん見えるって言う日に、兄さんがわざわざ東京から帰ってきて、庭にビニールシートをしいて寝ころがったことがあるわ。美留と同じ年ぐらいのころだった、なんだか遠い昔のことみたいね……」

十和子は、途中から自分に語りかけるような口調になった。

「あのころ、もう兄さんは義姉《ねえ》さんに出会っていたのよね……。私はちっともそんなこと知らなくて、兄さんが帰ってきてくれたのがうれしくてはしゃいでた。考えてみたら、美留のほうが兄さんと一緒に暮らした年月が長いのね」

心地よい音楽のように、美留は十和子の話を聞いていた。

★

美留はガレキの中を歩いていた。

もう、何日も歩いているような気がする。ときどき、どちらが夢だか現実だかわからなくなってしまう。でも、長く歩いているのに足がいたくないから、こっちが夢なのだろう。

パジャマを着て眠ったはずなのに、白いワンピースを着ていた。

《これ……歩にあげるはずだったのに……》

歩がほしがったので、いつかあげるからと約束して大切にとっておいた。もうすでに小さくて、美留には着られないはずだった。

《これは……過去……》

あの事故よりもずっと前の世界に向かって歩いているのだろうか。

それとも、幸せだったころの姿になっているのか。

小さな風が吹いて、その中に人影のようなものが見えることがある。

《私は人に会いたいなんて思っていないのに……》

美留が進んでいるのは、まだ形の残っている建物のほうだった。逆側に進むと、またありじごくにつかまってしまうからだ。

何日も歩いたからだろうか。

ようやくうち棄《す》てられた城のようなものにつきあたった。

「あれは…」

石が積み重ねられているのを見て、美留は首をかしげた。自然に積み重なったとは思えない。石の塔はあちこちにいくつもあり、積み重ねたばかりらしいものも、とっくに崩《くず》れてしまったものもある。

「だれか……、いるの?」

おそるおそる聞き、周囲を見まわした。

すると、柱の陰から小さな顔がのぞいているのが見えた。

「……歩?」

思わず美留は聞いてしまった。

のぞいていたのは、ショートカットで色白の、もしも今目をさましたらちょうどそんな姿なのじゃないかと思えるような子どもだったのだ。

「ちがうよ」

その子は柱の陰から出てきた。腰より長い白シャツに、白いショートパンツをはいている。あまり見かけないスタイルだ。

「……じゃあ、だれなの」

美留は聞いた。

「おまえこそだれだよ」

その子は口をとがらせる。

「変な子ねえ、年下の子が先に言うものでしょう、だいたいここは私の夢の中よ」

「夢なんかじゃないやい。ここは現実の星さ」

「え……現実なの」

半分そうじゃないかと思っていた美留は、ドキッとしてだまりこんだ。

「それに、ボクは年下なんかじゃないよ。ずっとずうっとここに、アビスの星にいるんだから。すごく年をとっているんだ」

「アビスの星?」

美留はその名をどこかで聞いたような気がした。

《どこで聞いたのかしら……》

記憶をたどろうとしたが、ぼんやりしてわからない。

「そうアビスの星、『アビス、アビサール、アビシニーア』」

その子が言ったとき、ガラガラとガレキの崩れる音がして、美留はハッとした。ゆずなだ、あの騒がしいゆずながそんなことを言っていた。

《エビスの星じゃなくて、アビスの星……。アビス……ABYSS、たしか、地獄とか、奈落《ならく》とか混沌《こんとん》とか、そんな意味だったはず……》

なのにどうしてこんなにおちついた気分になるのだろう。

「ここが好き?」

子どもが聞いた。

「そうね……。好きだわ」

「じゃあ、いたいだけいていいんだ」

「眠りたいの……」

「眠っていいんだ、ゆっくり休んでいていいんだ」

顔を横に向けて、つぶやくように言う。

「私をありじごくから助けてくれたのあなた?」

「……知らない……」

力ない声で顔をふせる。

「石を積みあげたのは、あなた?」

「そうだよ、ボクが見つけた遊びさ」

ボクと言うのだから、男の子だろう。でも、歩もしばらく自分のことをボクと言っていたことがあるし、今もときどきそういうから女の子である可能性もある。

《七歳か、八歳か》

年齢が歩にちかいから似ているように思うのだろうか。

とにかく、じょうずにつきあわないと知りたいことを教えてくれないかもしれない。

「私は美留よ、ずいぶん前から私のまわりにいたでしょう」

「さあ……。ボクはミンっていうんだ」

「ミン君ね、よろしく」

「ミン君じゃないよ、ただのミンさ」

「女の子なの?」

「どっちかなんて、そんなに大切なことなの?」

ミンがとがった声で言ったので、

「う……ううん、どっちでもいいわ」

と、美留は言った。

「ずっとここにいるなら、星のことは全部知っているの? つまり、なにかガレキじゃないものがないかしら。こわれていない建物とか、草や花はないのかしら」

「……そんなの、あると思えばあるし、ないと思えばないんだよ」

「見たことはあるの？」

「さあね」

ミンはおおげさに肩をすくめてみせた。その表情が、ミンの言ったとおり奇妙なほど年老いて見え、美留はゾッとした。本当にこのアビスの星にミンは何十年、何百年もひとりっきりで暮らしているのかもしれないと思えた。

「……いったい、ここで何をしているの？」

「守っているんだ。ボクの星だもの」

「……そう、すごいわね。自分の星があるなんて」

「女の人、見なかった？」

ミンはさぐるような目で美留を見あげて聞いた。

「……影みたいな人は何人か見たわ」

「まだ、影にはなっていないよ、さがしているんだ。前にも一度、来たことがある人、とてもやさしくて、心がきれいな人」

「そ……そう。早く見つかるといいわね…」

ミンの言っている意味はよくわからなかったが、歩の目ざめを待っている美留には、大切な人を待つ気持ちは充分にわかったから、美留は心からそう言った。

「花が好きなの？」

唐突《とうとつ》にミンが聞いた。

「そうね、お花は好きだわ」

「どんな花？　ここにどんな花が咲いているといい？」

「……どんなって……」

「想像するんだよ、好きな花をさ」

「想像……」

美留は目をつぶった。

《花なら、歩の病室にたくさんあるわ……。いろんな人が贈ってくれるから》

しかし、どんな花があったか思いだそうとしても思いだせない。

《白い……そう、ユリがあったと思うけど……》

どんな形だっただろう。ピンクの花、黄色の花、そして勢いのよいつややかな緑の葉もたくさんあったはずだ。

「見たことのない花でもいいよ、自分でつくったらいい」

重ねてミンは言ったが、美留はよけい混乱してしまった。

「できない……。できないのよ……。色が思いつかない……」

美留は頭をかかえた。

「気にしなくていいよ、ボクだっていつでもできるわけじゃないさ。ときどき、ふっと頭に浮かぶことがあるだけだよ。ガレキの中にいると、色のついた花なんてなかなか想像できなくなるんだ、ひとりぼっちだしね」

ミンは、ポケットに手をつっこんで遠くをながめている。

その声を聞きながら、美留は一生懸命記憶をたどった。花を思いだせなくては、夢がさめないような気がしたからだ。

「おばあちゃんが、たくさんユリを植えていたわ。白いヤマユリ、ピンクの八重のユリ、赤いユリ、黄色のユリ、白くて縁にピンクがはいったユリ、オレンジのユリ。そうよ、ブルーのユリはないっていったわ、だから、ここには空のようなブルーのユリを。縁がブルーで内側がまっ白のユリ……」

つぶやいていると、その姿が目の前に浮かんできた。

その香りも。

風になびくしなやかな茎。

心の中に広がった光景に、美留は安堵《あんど》のため息をついた。

『わあ、かわいい……』

ゆずなの声が聞こえたような気がして、その中を走る小さな犬までも脳裏に浮かべることができた。

いつのまにかミンの姿は消えていた。

「アビスの星にいたかったら、いてもいいんだ。でも、あんまり長居するんじゃないよ、帰れなくなるからね」

風にまぎれてミンの声が流れてきた。


夜明けだった。

ベッドから顔をあげると、海の上に、太陽が顔をだしているのが見えた。

## カサどろぼう

祖父《そふ》は足の骨を折っていて、二週間ほどの入院とリハビリが必要、とのことだった。もちろん、文子《ふみこ》もしばらく滞在すると言う。

「私、お見舞いに行こうかなあ」

ゆずなが言うと、そっけなく文子は言った。

「足手まといになるからいいわよ、ゆずなはゆずなの人生を歩んでちょうだい」

「人生？」

「高校生だもの、お母さんがいなくても、自分の世話くらいできるわよね」

「……うん」

「お母さん、ゆずなのこと信じているから」

「……うん」

変に重い言葉にとまどっているゆずなをおいてきぼりにして、文子はさっさと電話を切ってしまった。そのまま、ひとりでいえにいるのにしのびなくて、市井智子《いちいともこ》に電話した。

「どうしてるのお、練習、出ておいでよ」

智子が言った。

「もうやめようかなあって思って」

入部してからほんの数回行ったっきり休んでしまったのだから、行く気力がなえるというものだ。

「やだなあ、そんな後ろ向きなのゆずらしくなーい」

「だって、行きづらいもん、ずっとさぼっちゃったし」

「心配ないって、中学より、自主性を尊重するとかってあんまりきびしくないから。ほら、たいして強いわけじゃないからさ。八月には合宿もあるし、○×の合宿所にとまるんだって。ね、まるで高校生みたいじゃない？　やめるにしても、合宿に行ってからやめたらいいよ」

「……智ちゃんって前向き」

「何言ってんのよう、ゆずのほうが元気娘だったくせに。急におしとやかな女の子ぶらないでよ、そんなゆず、つまんない」

「女らしくなっちゃいけないの?」

「気持ち悪いこと言わないでよ、十年早いって。知ってる? 子どものころに美人なのって大人になるとたいしたことなくなるんだって。今、男らしくしているほうが、大人になっていい女になるんだから」

「そうかな?」

「そうだってば。いい女になるためには、バスケをやるのだー、男らしく生きるのだー」

ついつられて、

「わかった、男らしくなる」

と答えてしまった。

「それにさ、男子バスケにかっこいい先輩がいるんだから、見るだけでも来る価値あるわよ、隣で練習しているバレー部だって、テニス部だって、野球部だって、サッカー部だって。よりどりみどりなんだから」

「女の先輩は?」

「ゆずってそういう趣味なの?」

「ちがうわよ、恐い人がいるかなって思って」

「そりゃいるわよ、あれだけ人がいれば、いい人もいやな人もいるにきまってる、てきとーにつきあえばいいんだって。目をつけられるほど目立つことしなきゃいいの、お互い、たいして運動神経よくないわけだし」

中学校のころと全然変わらないてきぱきした智子の声を聞いていたら、未来への希望がわいてきた。

いずれにしろ、ひとりでいえにいることを考えれば行く場所があるのはいいことだ。

バスケット部の練習時間は朝の九時から十二時。

早目にいえを出て、昨夜の電話で市井智子と約束した場所に行った。

「ゆずーっ、わお、ひさしぶりーっ」

先に来ていた智子が大きな声をあげて飛びついてくる。

「すんごい、まっ黒じゃない。お肌の大敵でしょう」

ゆずなが言った。

「しかたがないんだってば。そんなことが気になるんだったら、室内でできる部にはいらなくちゃ」

「そうねえ。そしたら、卓球か体操、じゃなければ吹奏楽か合唱、生物部」

「転部するつもりなの？」

「そうじゃないけど、美人になりたいから」

「ばーか」

「充分美人か？」

「はいはい」

話しているうちに、数人のバスケット部員たちが合流した。

「なつかしーい、元気になったの」

「うん、もともと丈夫なんだけどね」

などと、わりあい簡単にとけこむことはできたのだけど、もともと色白だったうえに、ずっとへやにこもりきりだったゆずなは、よく日にやけて健康そうな女の子に囲まれるとおちつかない気分になった。でも、その気持ちを一生懸命押し殺して、つくり笑いを続けた。

《だいじょうぶ、すぐになれる、毎日来ていればすぐに……》

ゆずなは心の中でとなえたけれど、バスケット部の練習はそんなになまやさしいものではなかった。二十分間柔軟をやっているだけで、息があがってしまったのに、その次にはランニングが待っていた。部員の中には運動能力があまり高くない子もふくまれているはずなのに、三か月毎日練習していた子と、復帰したばかりのゆずなでは、差は歴然としていた。

《だ……だめだあ……》

少しずつ遅れはじめ、ついにはキャプテンから、

「列からはなれてっ、倒れるわよ」

とストップがかかってしまった。

「今まで病欠していたんでしょ、自分の体の面倒くらい自分で見なさいよ」

「はい」

と、ゆずなは列からはなれた。

《お荷物になってしまった……》

重い頭をかかえて、みんなが練習するのをながめていた。同じフォームで一心にバスケットボールをついたり、パスしあったりしている姿は新しい宗教のように見えた。

《なんだか頭がいたくなってきた……。おなかも、胸も……》

息まで苦しくなってきたような気がする。

帰りに、

「柔軟とか、腹筋とか、言われた数だけやらなくてもいいのよ、体力にちがいがあるんだから、適当に休む。そういうのはズルって言わないよ。あ、先輩にそう教えられたとき、ゆず、いなかったんだっけ。自主性よ、自主性。中学生じゃないんだからっ。だいたい、言われなくたって自分の体力ぐらいわかるのに、ほんと、ゆずってば負けずぎらいなんだから」

と、智子に言われてしまった。

「目立つのいやだったんだもん」

ゆずなは口をとがらせる。

「ばーか。倒れてからじゃ遅いよ」

「さいでした」

智子と話している間、ゆずなはずっと考えこんでいた。

《どうしようかなあ》

このまま、バスケット部を続けるか、それともやめようか。

三か月の遅れをとりもどすのは不可能にちかかったし、そんなにバスケットがやりたいのかどうか、もうゆずなはわからなくなっていた。

「ね、ゆず、ごめん」

急に智子が耳元で言って、両手を合わせた。

「……何？」

聞き返したゆずなは智子の視線の先を見て、あっ、と小さな声をあげた。スポーツバッグをもった男の子がちらちらこっちを見ながら立っている。

「同じクラスの……。ゆずな、知らないと思うけど」

「……つきあって？」

「何度か一緒に帰っただけなんだけど」

「わかった」

ゆずなは精一杯の笑顔を浮かべて、智子の背中を押すようにした。

「サンキュ」

智子は、お待たせーっ、などと言いながら、男の子のほうに走って行ってしまった。

《そっか……。そういうことか……》

智子からの電話が間遠になっていた理由は、これだった。

しかたない。

高校生だもの。

ゆずなだって、もしかすると、と期待してがんばって受験勉強したんだもの。

ホントは一緒にお昼をとるつもりだったんだけどな、とひとりとぼとぼと歩いていると、
空気がきらきらして、そこここにひかるこがいるような気がした。

《ひとりぐらい、私の所に来てくれればいいのに……》

もし、今、ひかるこに出会ったら、何をねがおう。

みんなについていけますように。

目立ちませんように。

あいかわらず、情けないねがいばかりが頭に浮かんだ。

できれば、智子と一緒に別の部に移って、一緒のスタートを切りたい。

でも、そんなことはとても言えない。智子にきらわれてしまったら、救いがない。きらわれたくないから、つい、いい顔をしてしまう。

『いいのよ、わがまま言って、それではなれてしまうなら、はなれてもいいの』

ふと、千早《ちはや》さんの声が聞こえたような気がした。

『そんなこと、できない……』

あのとき、ゆずなはそうこたえた。

千早さんとの最後の会話は、昔の同級生のことだった。

歩いて十分ほどの海までの外出がゆるされた千早さんは、嬉々《きき》として準備をした。もちろん歩いての外出ではなく、看護師さんが一緒の車外出だった。

『ふしぎなのよ、ほんの一時間の外出なのに、たくさんの人に会ったの。中学や高校のクラスメート、幼稚園の先生にも会ったわ』

ほおをピンクにそめて、千早さんは楽しそうに話してくれた。会ったと言っても、浜にすわっていたら、ただ近くの道路をとおりすぎて行ったり、車の中から外を歩いているのを見たり、という本当に偶然のたまものだったらしい。

ゆずなが、

『ふしぎな話を聞いたわ』

と、文子に伝えると、文子は涙ぐんで言った。

『きっと、みんながお別れに来たのよ』

あの日、千早さんに出会ったたくさんの友人たちは、生涯その日のことを忘れないにちがいない。
《千早さんはいつも、未来の話をしていた……》
たぶん、残された時がそれほどないことを知っていたのに。
涙ぐみそうになったゆずなは、別のことを考えるために、智子の言葉を頭の中で反芻《はんすう》してみた。
《私って負けずぎらいだったかな……》
いつも一番そばにいた智子が言うのだから、そうなのかもしれない。
自分が自分でないように思えた。
《智ちゃんが見ていた私……。私が思っていた自分……》
負けずぎらいのゆずなのほうが、ずっと好きだ、とゆずなは思った。

★

午後になって微熱が出たゆずなは、ひとりで病院に行った。

「この炎天下でランニング？　それじゃあ具合いが悪くなって当然でしょう」

十和子《とわこ》先生は言った。

「でも、私だけなんです。みんな平気でやってるんです。それに、夏休みはかきいれどきですもん」

「子どもは強いからねー。でも、まずは自分を守ることを考えなくちゃだめよ、はい、問題なし。ひさしぶりに日を浴びたり、お友達に会ったりしたから疲れがでたんじゃないかしら。リハビリだと思って少しずつならしたほうがいいわよ」

「はい、私ってヤワだったんですね」

ゆずなが言うと、十和子先生は軽い笑い声を立てた。

「自分で病気だ病気だと思うと、本当に具合いが悪くなるの。病いは気からってね」

「お医者さんがそんなこと言うとは思いませんでした。ここが悪いから、この薬を飲んでって言われたほうが納得できます」

「それだけおしゃべりできるなら、たいしたことはないわ。でも、自分で自分を守ることを忘れちゃだめ。いつもとちがう、と思ったら誰が何と言おうと休みなさい」

「はい。どうもありがとうございました」

立ちあがりかけたゆずなが、

「そういえば、図書館で、『ひかるこ』を借りたんですけど、落丁《らくちょう》になっていたんです。あんまり残念で熱が出たんだと思います」

とふざけて言うと、十和子先生は思ってもみなかったことを言った。

「あら、おぼえていてくれたの？　やあね、落丁だったなんて。でも、あの本ならうちにあるから、一冊進呈するわ」

「えっ？」

「うちの母が書いた本なの、二十代のころに結核で長い間、入院していて、そのときに書いたんですって。何度も、危篤《きとく》に陥って、それでもしぶとく生き残ったの。おかげで、私がここに生きている」

「わあ……。もっと早く知っていればよかった」

「そう言ってくれてうれしいわ、後でうちにとりに来てちょうだい、美留にわたしておくから」

「楽しみにしています。あの、美留ちゃん、来てますか？」

「ええ、よかったら、よってみて」

まだ、海に誘っていなかったので声をかけようと思ってゆずなが歩の病室をのぞくと、美留がベッドにうつぶせて眠っていた。

眉間《みけん》にしわをよせて庭を歩いている美留とは、まったく様子がちがって、楽しい夢でも見ているようなやさしい顔をしている。眠り続ける妹のために、毎日こうしてつきそっている女の子が、いやな子のわけはない。

目をつぶっているからはっきりしないが、歩は美留にあまり似ていない。どちらかがお父さん似で、どちらかがお母さん似なのだろう。髪が短い歩は、いたずらそうな男の子に見えた。

《私、美留のことをきらいじゃない……》

ゆずなは思った。

美留みたいな子のちかくにいると、どんどん暗いほうにひきずりこまれてしまうのじゃないかと思って、そばによるのが恐かったのだが、無防備な寝顔を見ていると、そんなことを思った自分が情けなくなった。隣に越してきたんだもの、知りもしないでさけたのでは、せっかくの友達になれるチャンスを逃してしまう。知りあって、性格があわなければはなれればいい。

《海には後で誘おう……》

ゆずなはだまって病室を後にした。

★

《知らなければよかった……》
美留から『ひかるこ』をうけとったゆずなは、そのまま山道に走りこんだ。いえのような閉塞《へいそく》した空間ではなくて、広い場所でひとりになりたかった。
《美留のこと、好きになれると思っていたのに》
本をうけとるときに、ゆずなが海でのクラス会に誘ったところまではよかったが、玄関にびっくりするものがおいてあるのを見つけてしまったのだ。
《美留が犯人だったなんて……》
そこには、ゆずなのカサがおいてあったのだ。
同じようなカサをもっている可能性はある、そう打ち消そうと思ったのだが、ゆずなの名前がほってあるキーホルダーがぶらさがっていた。見まちがえるはずはない。
すぐに息が切れて、山道を歩いているとこいヤマユリの香りがした。
「『アビス、アビサール、アビシニーア』」
思わずゆずなは呪文《じゅもん》をとなえた。

するとあたりの風景はゆらりと変わり、あの女性が姿を現した。

「……だれ……」

女性はぼんやりした目でゆずなを見て言った。

「……私は……ゆずなっていうんだけど、あなたは?」

ゆずなのもっている本を、女性はゆっくりと指差して、

「……マナ」

と言った。

見ると、『ひかるこ』の下にマナと記してある。

「おばあちゃん?」

「マナよ」

むっとした口調で女性は言った。

《『ひかるこ』を書いたころのおばあちゃんなのかしら……》

そうすると、自分がお隣のゆずなであることがわからないのかもしれない。

「ここはどこ……なんですか?」

ゆずなが聞いた。

「……アビスの星よ」

マナはこたえる。ぼんやりした表情が少しはっきりしてきている。

「アビスの星……。そうなんですね」

「ええ、以前にも一度、来たことがあるの」

「いつ？」

「わからないわ……。とても苦しかったころ。ここで……休んだの」

「今は、苦しくないんですか？」

マナは、よくわからない、と言うように首をふって聞いた。

「あなたも、苦しいの？」

「……はい……」

ゆずなはうなずく。苦しかったから、呪文をとなえて、アビスの星に来たい、とねがった。

でも、来たとたんに帰りたくなる。

無彩色の光景に自分まで色彩を失ってしまいそうだ。

すぐにここからぬけだす方法を聞くべきなのだろうか。

しかし、ゆずなはアビスの星のこと、なによりもひかるこを見つける方法を聞きたくなった。

「ひかるこはどこにいるの？」

「そんなの、自分でさがすものでしょう」

冷たい口調でマナは言った。

「マナさんもひかるこをさがしているんですか」

「私は……よくわからない。どうして来たのか、思いだせないの……」

マナの表情は消えたり現れたりして、うれしいのか悲しいのか、楽しいのかつまらないのかさっぱりわからない。

「アビスの星って……どういう所なんですか」

ゆずなが聞く。

「悲しみも苦しみもつらさもない星よ」

一本調子にマナは言う。

「楽園の星は？」

「楽しくて、愉快で、明るくて……暗くて……つらくて……悲しくて……」

「えっ？」

「いいところよ、とてもとても、果実が実って、色彩が鮮やかで毒々しくて……」

マナは眉《まゆ》をよせると、ひときわぼんやりした顔になって、その顔は、認知症《にんちしょう》になった菊《きく》川《かわ》のおばあちゃんそのものだった。

おばあちゃんは、ここでも過去と現在を行ったり、来たりしているのだ。

「ひかるこを見つければ、楽園の星に行けるんでしょう」

ゆずなが聞いた。

「そうよ、がんばってね」

マナはにっこりすると、

「思いだしたわ、私は大切な人をさがしているの」

と言った。

「人？」

「……そう、がんばりましょうね、ゆずなちゃん」

「えっ」

「でも、アビスの星にあんまり長くいてはだめよ。できるだけ早くひかるこを見つけて帰りなさい」

ゆずなはマナの顔をまじまじと見た。

マナはにっこりして、くるりと背を向けた。

「……菊川さんのおばあちゃん……」

姿は若いころのままだが、意識は今のままなのだろうか。

「ありがとう、おばあちゃんの大切な人が早く見つかりますように」

ゆずなは遠ざかるマナの背中にそう言って、周囲をながめた。くずれかけたパルテノン神殿や、お城の向こうに、高い高い塔が見えた。

《私があるといいのにって思った塔が、できているってこと？　想像するとできるの？じゃあ、どんどん新しい星にしちゃおう。ひかるこだって楽しい場所のほうが好きなはずだわ》

楽しいものでいっぱいにすれば、ひかるこは喜んでゆずなのもとにやってくるかもしれない。

わくわくしながら、次にだすものを考えていると、すうっとあたりの光景はもとの山にもどっていた。

ゆずなは急いでいえに帰った。

もらってきた『ひかるこ』の先は、しばらく読まないことにして、今までどおり、先を自分で想像してみることにした。ノートと鉛筆をだして、ベッドにすわりこんだゆずなは、首をかしげた。

《でも、アビスの星でひかるこをさがしているミンに会うならわかるけど、どうして書き手のマナさんに会ったのかしら……》

マナもひかるこをさがしにアビスの星に行っているということなのだろうか。

認知症の夢の中で。

「でも、私は夢を見ていたわけじゃないんだけどな……。それとも気絶していたのかな。あはははは」

ゆずなは天井を向いてわざと笑ってみた。

しーんとしたへやに、ぶきみな笑い声がすいこまれていく。

「深く考えないのが、ゆずちゃんのいいとこ。幻想の世界と現実の世界と、行ったり、来たりできるなんて、楽しくっていいじゃない」

二度行ったけど、ちゃんと帰って来られたんだから。

「それに、塔ができたんだから、ほかの物だってできるはず。楽園の星に行くんじゃなくて、ここを楽園の星にしたほうがいい。そして……今度こそ、ひかるこ、つかまえちゃうもんねー」

ゆずなは、アビスの星にあってほしい物を次々と書き続けた。

森に川に、花に、木の実。

鳥……。虫……。動物……。

《あ……いたっ……》

ゆずなは頭の奥がシンといたむのを感じた。

《なに……。いったい……》

鳥や虫は、アビスの星にあってはいけないのだろうか。

ゆずなは消しゴムで丁寧に消して、別の物を書きたすことにした。

面白い形の石と貝がら。

すべて無彩色。

《でも、本当にほしいのは友達……》

人はひとりでは生きてゆけない。

友達がいれば、悲しいことも、苦しいことも、のりこえて行ける。

《生き物を生みだすことだけは……できない》

それが、アビスの星。

無彩色の世界。

考えていたら、気持ちがずうんと暗くなってきた。

「そうだ、海、海に行くんだった」

ゆずなは、入院している間に、文子が買って来てくれたサンドレスや、キャミソールや、ショートパンツをたんすの中からだしてならべた。まるで、新しい服があれば、ゆずなはそれまで生きられる、と言いたげに来るたびになにやら買って来てくれたのだった。

## 球根

《ゆずなはいったい何をあんなにおどろいたのかしら》

あわてて出て行ったゆずなの背中を見送って、美留《みる》は首をかしげた。

リコリスの球根のお礼は、ちゃんと言ったし、約束どおり『ひかるこ』をわたした。そもそもゆずなは苦手だ。何かとうるさく声をかけてくるし、急に笑ったり、だまりこんだり、ほしいとも言わないのに球根をもって来て、意味不明に怒るのはどうかしている、そういうところが……。そこまで考えた美留は、

「あっ」

と声をあげた。

「まさかこれ……」

玄関においてあった赤のギンガムチェックのカサを手にとった。

ぶらさがっているキーホルダーに、ＹＵＺＵＮＡ、と書いてある。

「気づかなかった……」

転校したばかりで、頭がぼうっとしていたせいもあって、歩《あゆみ》のカサとかんちがいしても
って帰ってしまったのだ。よく考えれば、歩のカサが高校にあるわけはなく、お気に入り
のカサをかってにつかったら歩が怒るにきまっているから、美留がもちだすわけはない。

それに気づいたとき、誰《だれ》のカサだったのかしら、もうしわけないことをした、と思ったが、
頭がぼんやりしていて、そのまま忘れてしまっていた。

「……それでカゼをひいて……」

美留は頭がくらくらしてきて、その場にしゃがみこんだ。

「どうして歩と同じカサを……」

そう、ゆずなは歩によく似ている。

まるで、神様が歩のかわりにゆずなとめぐりあわせたように。

「だから……ゆずなはきらいなのよ……」

美留は、しゃくりあげながら庭の飾り石を積みあげはじめた。

ミンがアビスの星でやっていたのを思いだしたからだ。

テレビでこういう風景を見たことがあった。

あまり縁起のよい話じゃなかったような気がする。

でも、そうやっていると、心がおちついてきた。

一つ石を積むと、悲しみが一つへる。

一つ石を積むと、罪が一つ消える。

一つ石を積むと、苦しみが一つなくなる。

何かの歌だったろうか……。

祖母から聞いた話だったろうか……。

太陽が西に傾いて、夏の日のにおいがあたりに立ちこめている。うすぼんやりとして、あたりの風景がゆらゆらする。

「ミン？」

姿が見えたような気がして、声をあげたとき、十和子《とわこ》の車の音がした。バタンとドアをしめる音とともに、

「ただいまっ」

十和子が明るい声で言った。

「……あ、お姉ちゃん……」

「仕事が片づいたから、急いで帰ってきたわ。何してるの?」

「……球根をもらったの、お隣から」

「ゆずちゃんが? リコリス……どんな花なのかな」

「どこに植えればいい?」

「どこでもいいのよ、好きにして。この家は私たち二人の家なんだから。ちょっとまってて、着がえてくる」

せわしなく十和子は家にはいり、あっというまに軽装になって出てきた。

「このぐらいの日ざしなら、お肌にそう影響はないわね、どれ、まずは雑草をぬいて、耕やさないと植えられないわねー。どのあたりがいいの?」

「さあ……。夏に植えるんだから、丈夫な球根だと思うけど。とりあえず西日が当たらない場所かなあ」

「詳しいわね、調べたの?」

十和子が聞いた。

「常識だと思うんだけど」

「ごめん、常識がないって、よく言われるの。箱入りどら娘なんだ」

「植えっぱなしておけば毎年咲くって言ってたわ」

「ふーん、ユリと同じね。これから、美留が庭番になってくれる?」

「私がやらなきゃ、やる人いないんでしょ」

「そうでーす」

しゃべりながら、雑草をひきぬき、ざくざくとあたりを耕した。

「よく耕して、しばらくおいたほうがいいのよ……」

「はーい、わかりました」

「球根は、植物が眠っている状態、『眠《みん》』って言う状態にあるの」

美留が言った。

「ふむふむ、動物の冬眠みたいなものね」

「……そうなの?」

「さあ、言ってみただけ。虫のさなぎみたいなものかな。よく知っているわね。植物好きだった?」

「……思いだしたわ、お父さんに教わったの」

「兄さんが?」

「そう、子ども会の花壇の手入れ当番のとき、教えてくれた。お父さん、無趣味のくせに、やりもしない釣りとか、野菜づくりとか、変に雑学が多かったの」

「時間があったら、やりたかったんでしょうね」

「そうかもしれない。でも、やろうと思えば時間がなかったわけではないの、ただ、本をたくさん読んだり、テレビを見たり。クイズ番組も得意だった」

「……うん」

「お母さんが言ってたわ、なんて物知りなんでしょうって最初はとても感激したって。職業をまちがえたんじゃないかしらって」

美留は、なんだかおかしくなってきて、ふふふっ、と笑った。

「なあに？」

「お姉ちゃんとは全然ちがうんだなあって思って。お姉ちゃんは、いらないものは捨てて、いるものだけとっておくでしょう、お父さんはそれが苦手だったのかなあって」

「あんまり似てはいなかったと思うわ、でも、お義姉《ねえ》さんと同じで、なんて物知りで頭のよいお兄さんなんでしょうって思ってたわ。たぶん、二十ぐらいまではね」

そう言うと、十和子も声をあげて笑った。

「さあ、あと少し、とにかく場所だけは確保しちゃいましょう」

十和子が耕すのを見ていた美留は、ホースをもちだし、庭に水をザーザーかけはじめた。

「冷たいっ、こらっ、私は土じゃないってば」

「泥だらけだもん、洗ったほうがいいって」

「やーん、美留のいじわるう、かしなさいっ」

「だめよーん」

大騒ぎしながら、水をかけあって、気づくとすっかり日がくれていた。

★

ベッドにはいると、すぐに、美留はアビスの星に来る。まるで夢の続きを見るように、ちゃんと夢からさめた場所にもどるのだ。

美留は、今、崩《くず》れかけた城の中に立っていた。

「よっ、来たな」

唐突《とうとつ》に言われて、

「歩ったら、そんな乱暴な口をきいちゃだめ」

言いかえすと、

「ボクはミンだよ」

と、不満そうな声がかえってきた。

「あ、そ、そうだったわね、ごめんなさい」

美留はあわててあやまる。美留のいない間に、ミンはあちこちに石を積みあげていて、それがときどき起こる風で、からから、からから、と音をたてて崩れる。積んでも、積んでも、不安定な石はとどまることがない。

「高い塔ができたんだよ、のぼらない？」

ミンが言った。

「どこにあるの？」

「あっちだよ、ずっとずっと向こう」

指さした先があまりに遠くて、いったいどのくらい歩けばつくのか、美留には見当がつかない。ぼうっとしていると、

「あの上にいれば、マナが見つけてくれるかもしれない」

ミンがつぶやいたので、美留はびっくりした。

「マナ？　それはおばあちゃんの名前だわ。ミンがさがしているのって、私のおばあち

ゃんなの？」

「……知らないよ、さがしてなんかいないし……」

ミンは目をそらして歩きだした。

「おばあちゃんだったら……」

言いかけて美留は、ああ、だめだわ、と首をふった。

今の祖母《そぼ》に何を言っても、言葉はとどかない。

《前のおばあちゃんだったら、夢の中で会う男の子の話を、ちゃんと聞いてくれたはずなのに》

そして、自分もその子の夢を見てみるわ、初恋の男の子だったのかしら、と笑ったはずだった。

「おばあちゃんも、ここに来たことがあるの？」

「知らないよ」

美留はミンについて歩きだす。

立ちつくしているより、目的はなくても歩いているほうが気持ちは楽になる。

「塔は、遠いの？」

「遠いと思えば遠いよ」

「……遠くても、ちかくてもいいわ……」

お城の中をとおりぬけると、弱々しい数本のユリがはえていた。

《植物も育っていたんだわ……》

しかし、よく見ると植物ではなく石でできているようだった。灰色の茎に、灰色の葉、花までもが灰色だ。

「……すごい芸術品」

美留が言うと、

「最近、突然できたんだよ」

ミンは言った。

《私がこの前、ユリを思いだしたからかしら……》

それなら、自分が思いつけば何かできるのだろうか。

「ミンは何かほしいものはあるの？」

「ないよ。ボクがほしがらなくても、突然いろんな物が現れるし、たくさんの人が遊びに来てくれるから、何もいらない」

「ごめんね、私、ミンを楽しませてあげること、できないかもしれない。自分のことで精一杯だから」

美留は言った。

「楽園の星に行きたかったら、行ってもいいよ」

「らくえんのほし？」

「けど、楽園の星に行くには、ひかるこを見つけなきゃならないんだ」

「ひかるこ……」

ゆずなに本をあげたけれど内容については、はっきりおぼえていない。祖母か父に話を聞いたことはあったはずだが……。

「行きたかったら、さがせばいいんだよ」

「……私はここが好きだわ」

「でしょ、アビスの星は素敵なところでしょ」

ミンははずんだ声をあげる。

「ええ、ミンの星だものね」

「うん、ボクがずうっとひとりで守ってきた素敵な星さ」

「……そう、ずうっとひとりでここに……。あっ、ミン、人影が見えるわ、あの人は、いったい何？」

すぐ横をとおりぬける風の中に、人の姿が見えて、美留は聞いた。

「人だよ」

「あの人から私はあんな風に見えるの？」

「いろんな人がいるんだよ。個性だね、個性」

ミンの話はわかるようでわからない。

《ミンは何かごまかしているんだわ……》

いったい何を……。

空気が冷たい。

急にいやな気分がしてきた。

ここは、自分が来るべき場所ではないじゃないだろうか。

来たいときにここに来るんじゃなくて、何も考えていないときにひっぱりこまれている。

そして、ミンにくっついて歩いている自分に、美留はいやけがさしてきた。自分の進む方向は自分できめたい。

《私は……楽園の星には行きたいのかしら……》

ここに来たのは、楽園の星に行くためだったのか。

考えている間に、人ののった風が流れ星のように光を発し、楽園の星に向かって飛んで行った。

「私……なんだか帰りたくなったわ」

美留が言うと、

「ボクをひとりにしないでよ」

ミンが言った。

「でも、私は……」

「せっかく出会ったんじゃないか、行かないでよ」

ミンは美留の腕をつかむ。

「いい星だって言ったじゃないか」

「そうね、でも……」

「さあ、早く。塔にのぼるんだ」

「待って、今日はもうずいぶん来たわ。一度にあんまり進むものじゃないわよ、楽しみは後に……」
「ぐだぐだ言うなよ、早く」
ミンのにぎりしめる手がいたくて、小さな子どもの力とはとても思えない。
ずるずるとひきずられながら、
《どうすれば、帰ることができるのかしら……》
一生懸命、美留は考えた。
《目をさますのよ……。目をさまさなくちゃいけない……》
夢からさめるにはどうしたらよいのだろう。
これは夢なのだから、目ざめれば逃げられる。
《歩、十和子、ゆずな……》
現実にふれあった人の姿をひとりひとりかぞえあげてゆく。
こい色彩を脳裏に浮かべる。

「ふう……」
美留は、目をひらいて大きくため息をついた。

「美留、美留ーっ、まだ寝ているの」

十和子が大きな声で呼んでいるのが聞こえ、枕《まくら》もとの時計を見ると、八時をまわっていた。

とんとんとんっと軽い足音が聞こえ、十和子がやって来た。

「大丈夫？　ゆうべもずいぶんうなされていたみたいだけど」

「悪夢にうなされていたの」

美留が体をゆらゆらさせながら言うと、

「おねしょしなかった？」

十和子が聞いた。

「大丈夫みたい」

「やあね、冗談よ。昨日、言いそびれたんだけど、今日から、歩に新しい薬を使うことにしたの。今度こそ、目をさますわよ」

美留は、ようやく安心してこっくりとうなずいた。

これが現実だ。

「じゃあ、ごゆっくり」

★

美留は、十和子とその彼氏に挨拶をして、二階への階段を静かにのぼった。

「お姉ちゃん、彼氏いないの？　紹介してよ」

美留が何気なくそういうと、

「そりゃあ、ひとりぐらいはいるわよ」

十和子はニッと笑って言った。

「家には来たことないの？　こんなにきれいにしてるのに」

「あるわよ」

「……私に気をつかってつれて来なかったの？　やだそんなの気にしないでよ、お姉ちゃんの旦那《だんな》さんになる人だったら会いたい」

「旦那さんになるかどうかはまだわからないわ」

「ふーん、どんな人？」

「同じ病院に勤めている人よ」

「いい人かどうか、私が見極めてあげる」

「ちょっと、美留」

「こういうことは、第三者の目で見たほうがわかるのよ」

「……そうかな」

「そうよ、歩をかわいがってくれない人は絶対にだめ。私、そういう人、一目でわかるの」

「そりゃ、一理あるわね」

「……その人、お父さんは知ってるの?」

「うん」

「じゃあ、その人がいいわよ。お父さん、反対なんてしなかったでしょ」

「どうかしら」

「反対だったの?」

「そうじゃないけど、十歳以上もちがうと父と娘みたいなものだから、誰《だれ》であっても賛成はしなかったんじゃないかな」

「ふーん」

「きっと美留や歩のボーイフレンドなんて話になったら、デートについて来たかもしれないわよ」


そういう会話をしたのは、一週間ほど前だ。

《お父さんてそんな人だったかしら……》

美留はボーイフレンドの話をしたことはなかったけれど、歩は男の子の友達が多くて、休みの日にはしょっちゅう、いろんな男の子が出入りしていて、その子たちと話をするのをお父さんは楽しみにしていたように見えた。

『お父さん、男の子がほしかったのかしら』

美留が聞くと、

『そんなはずないわ、少なくても私は聞いたことはないわよ』

お母さんは言った。

『スポーツは苦手だものね』

『そうそう、キャッチボールの相手なんか、とてもできないわ』

『かけっこ遅かったもん』

二人は、顔を見合わせて笑った。小学校の運動会で、一番最後を真剣に走っているお父さんの姿を思いだしたからだった。

二階の廊下《ろうか》で裏山をながめていると、階下から十和子たちの笑い声が響いてきた。一瞬、びくっとしたが、あたりの空気がなごんでゆくような気がした。

美留は、自分のへやにははいらず、祖父母《そふぼ》のアトリエにはいった。

日のあるうちにはいると、月夜のような幻想的な気分にはならなかった。ただほこりっぽくて、古い油絵の具のにおいがかすかに感じられた。

祖父母の絵を見ていたら、何かをはじめたくなった。

「私、写真をやろうかしら……」

被写体はいくらでもある。

「まず、ユリを、それからひまわり、元気そうな花がいいから。もし花が咲いたら、リコリスも撮ろう。海も、山も……。歩に見せなくちゃ」

口にだして言うと、何かはじめられそうな気がしてきた。

海

クラスで海に行く日、榎本実佐子《えのもとみさこ》は前日に電話もくれたし、当日にはゆずなのいえのちかくのバス停まで迎えに来てくれた。

「おっはよう」

実佐子は、毎日そうしているかのように屈託《くったく》ない声をあげる。

「おはよう、ありがとう、わざわざ」

ゆずなが言うと、

「とおり道、とおり道。で、やっぱり菊川《きくかわ》さんは来られないって？」

実佐子は言った。

「声はかけたんだけど」

「そう……。妹さんはまだ入院しているんでしょう。同じ立場になったことがないし、菊川さんの性格もわからないから、どうするのが一番いいかわからないけど、ひとりでいるのはあんまりよくないと思うのよね」

「うん……」

あまり美留のことを考えたくなかったゆずなは、口の中でうなずいた。

《声はかけたわ、ただ一緒に行こうとは言わなかったけど……》

ひどく気まずい別れ方をした後、美留のことを忘れようとしていた。

「ねえ、ゆずなはもういいんでしょう？　二学期からはちゃんと学校においでよね、休みが続くと行きにくくなるのはわかるけど、我慢《がまん》しているうちに、なれるから」

「うん、ありがと」

「私、学校に行きたくないなーって思うとき、なんの科目があるかなって考えるの。体育と美術のある日は休まないんだ」

「体育と美術？」

「両方好きなんだけど、ひとりじゃできないでしょう」

「そうねえ……」

「朝って苦手なのよ、何か目的がないとなかなか起きられなくて。家系だと思うんだ。うちのパパなんて、会社の健康診断のとき、『起きてすぐはだるくて食欲がないんです』って言ったんだって。お医者さんに、『普通そうです』って言われたって」

思わずゆずなが吹きだすと、

「ねえ、そんなの私たちだってわかるでしょう。なのに、医者なんてたよりにならないって怒ってるの」

と言って、実佐子はしかめっ面をした。

話しているうちに、すぐにクラスメートが合流した。

「わあ、なつかしい、ゆずなじゃない、実佐子が誘ったって言うから本当に来るのかなあって思っていた」

「ねえねえ、病院ってさ、やっぱり幽霊が出るの」

「私、あの病院で生まれたのよ」

「入院ってどんな気分なの」

「やっぱり、男べやと女べやってあるの。かっこいいお医者さん、いた?」

「看護師さんってやさしいの?」

「火の玉、見た?」

明るい女の子たちにかこまれて、

「ねえ、ひょっとして私ってアイドル?」

ゆずながふざけて言うと、みんなどっと笑った。

海につくと、男の子たちがパラソルを用意していてくれて、その中にかけこむころには、すっかりアイドルの地から転落していた。

けれど、ゆずなは満足していた。そして、

「お、シロブタじゃん」

と中学のとき同じクラスだった黒沢直人《くろさわなおと》に言われたとき、

「うるっさいわねえっ。ゆあがり卵肌って言うの」

と言い返す元気もでた。

「こんなの見つけたんだよ」

直人が、スーパーのビニール袋から、★印の『ゆず白菜』を取りだしたときには、ひっくりかえって笑ってしまい、

「けっこううまいんだぜ」

「黒沢の大好物なんだってさ」

男の子たちがさわぐのも、楽しくってたまらなかった。

不安に思っていたことはほとんど消し飛んだ。

だから、美留を許せる心の余裕もでてきた。

《美留は、わざと私のカサをとったんじゃないわ、きっと……、何かのまちがいだったんだわ……》

スイカわりをして、ヤキソバを食べ、泳いで、笑って。

波は荒かったし、日はいたいほど暑かったが、とても楽しかった。

クラス会というよりも、適当に友達が友達を呼んでいるらしく、いろんなクラスの子が出たり、はいったりして、ゆずなが数えただけでも六十人はいたようだった。だから、名前がわからなくても、気にする必要はなかった。

なつかしい人ではなく、これから友達になるかもしれない子ばかりだ。そんなことを考えていたゆずなは、千早《ちはや》さんを思いだした。


千早さんが最後に見たのは、まだ寒さの残る梅雨の海。

でも、まるで千早さんを慈《いつく》しむかのようなよく晴れた暖かい日だった。

千早さんのニックネームはももちゃん。

「どうしてももちゃんなの？」

ゆずなが聞いても千早さんは笑うばかりで教えてくれなかった。

まっ白なやさしい笑顔。

その顔を見たくて、ゆずなは何度も聞いたはずだった。

後で幼なじみという女性から聞いたので、今ではその理由を知っている。やせているわりには、胸がとても大きかったからだそうだ。でも、ゆずなが千早さんに会ったとき、その胸は両方ともなかった。

千早さんの命を奪《うば》ったのが、乳癌《にゅうがん》だったからだ。


千早さんが友達と最後のお別れをした海で、ゆずな新しい友人をつくることができるだろうか。

《千早さん、私、がんばるね……。きっとがんばれるよ》

ゆずなは空を見あげて心の中でつぶやいた。

千早さんがやさしい笑みをかえしてくれるような気がした。

夜の花火は魅力だったが、体力に自信のないゆずなは、三時ごろにあがる子たちと一緒に海を後にした。

「誘ってくれて、ほんとにありがと」

実佐子に言うと、

「また遊ぼう」

と誘ってくれた。一緒にバスにのった子たちがばらばらおりてゆくと、最後に黒沢直人とゆずなが残った。

「中学校の同窓会やろうって話、聞いた?」

直人が聞いた。

「聞いてない、いつ?」

「流れたんだよ、まだ同窓会って時期じゃないだろって」

「なーんだ」

「それぞれ忙しいしさー、おまえ、何か部活やってんの」

「一応バスケ部。まだほとんど練習に出てないけど。黒沢君は?」

「ボディビル部」

「……ボディビルー?」

「オリンピックで水泳の選手見てさ、筋肉ブルブルってのがうらやしくって。だから、毎日鏡を見て、自分に見とれている」

「げーっ」

ゆずなは、直人のTシャツから出ている腕をながめたが、たいして筋肉はついていなかった。

「ああ、少しは筋肉ついたんだぜ」

「あの、何か薬を飲んで筋肉つけるんでしょ」

「僕は自前でがんばるんだ。なんなら、入部する？　なんせ、部員が三人しかいない」

「女の子いるの？」

「いない、アイドルになれるぜ。ブルブルの先輩がいるぞ。かっこいいぜ」

「遠慮しとく」

「自分に自信がつくっていいことだと思うぜ」

「……筋肉がつく、でしょ」

「うう？　そうだな。足の長さや、顔はどうにもならねえじゃん。でも、筋肉はつけようと思えばつくぜ、たぶん」

「……なるほど」

ほかの子が自分よりうまいかどうかとか、筋肉ブルブルを他人がどう思うかとか、そんなことは直人にはどうでもいいこと。自分がかっこいいと思ったから、そうなりたいだけだ。ゆずなは直人のそういう性格をよく知っている。

「そのうち、ブルブルになったら、見せてやるよ」

「楽しみにしとく、脳ミソにもたっぷり筋肉つけてください」

小学校のころからこり性で思いこんだらつっぱしる直人と話しながら、ゆずなはだんだん自分をとりもどしていくのを感じていた。

《やっぱり、バスケを続けよう》

直人と別れていえへの道をたどりながら、ゆずなは思った。三か月の遅れはずっと続いてしまうかもしれないけど、きっと我慢できる、我慢しよう。

一日我慢して、もう一日我慢して、もう一日我慢して。

そのうち、我慢じゃなくなってゆく。

楽しみになってゆく。

絶対そうなる。

★

朝早く、美留が庭でスコップをつかっているのを見つけたゆずなは、

「美留ー、何してるのう？　昨日、海に来ればよかったのに」

ベランダから大きな声をかけた。

びっくりしたような顔でふりかえった美留が、口を開いたけれど聞こえなかったので、

「待ってて」

と急いで階下におりて行った。

ゆずながサンダルをつっかけて出てゆくと、美留は上から声をかけたときのまんま、しゃがみこんでいた。

「あの……、カサのことごめんなさい、歩《あゆみ》のカサと同じだったから……」

先に美留が言った。

「幼稚だってこと？　小学生と同じカサ」

「え、ちがう……」

「いいわよ、もう。後でもって帰るわ。まちがいは誰《だれ》にでもあるし。百円のカサを買わなかった私も悪いの。ねえ、どこに植えるの？」

ゆずなが聞く。

「あのあたりを耕したの」

「あのさ、ごめん、あまり物を押しつけたみたいで」

「ううん、そんなことない。おばあちゃんがいなくなってから、ほとんど手がはいっていないらしくて、雑草がひどくて、それをぬくのにたいへんだったの。お姉ちゃんと二人がかりでここまでするのがやっとで、だから植えるのが遅くなって」

美留が早口で言う。

「十和子先生、忙しいからねー」

二人で、リコリスを植えてから、たっぷりと水をまいた。全部終わったころ、ゆずなはずっと気になっていた玄関わきに積みあげられた化粧石を見て聞いた。

「ねえ、なあにこれ？　石を積みあげたのって美留？」

積み重ね方が不安定なのにそれでもちゃんと立っていて、いやな感じがしたのだ。金魚とか、カブトムシとかそういうペットが死んだからお墓をつくったのかもしれないけれど、場所が不自然だ。何か、願《がん》かけみたいなものなのだろうか。

「……え……うん」

「なんだか呪《のろ》いの石みたい。ほら、賽《さい》の河原《かわら》だっけ、子どもが亡くなった後に苦しみをうける冥途《めいど》の三途《さんず》の河原《かわら》。石を拾って両親の供養《くよう》のために塔をつくるんだけど、鬼が来てこわすの。その塔みたい」

ゆずなはまずいことを言いはじめてしまったなあ、と思ったが途中で終わらせるのも変なので、最後まで言ってしまった。

「それを、た……たしか、地蔵菩薩《じぞうぼさつ》が救うのよね。転じて、いくら積み重ねてもムダな努力のことだっけ。石なんてすぐに崩《くず》れてしまうから」

ますます深みにはまってしまうのをゆずなは感じた。

案の定、ゆずなの言葉は、美留の心につきささってしまったらしい。

「そんなの、私の勝手でしょう。石ぐらい積み重ねたっていいじゃない」

美留がさけんだ途端《とたん》、ざっとあたりの風景が変わった。

「アビスの星」

美留が呆然《ぼうぜん》とつぶやき、

「何をしたのっ」

ゆずなはさけんだ。

本当は、よけいなことを言って、ごめんなさい、と言うはずだったのに。

「わ、私が、何かしたって？」

口ごもる美留。

「私じゃないもの、あなたにきまっているでしょう。どうして……。いつ呪文《じゅもん》をとなえたの」

「呪文？」

「となえたんでしょう？　アビスの星に行く呪文」

「知らないわ……。いつも、いつのまにか来ているんだもの」

「いつもアビスの星に来ているってこと？」

ゆずなは目を見開いて、周囲をながめた。

思いがけないほどちかくに城があり、その向こうに灰色のユリが数本、斜めにはえている。石でできた灰色のユリが妖気《ようき》をはなっているような気がして、ゆずなはぶるっとふるえた。

「そう、うとうとすると、かならずここに来る」

美留が言った。

「恐くはないの……」

ゆずなは気味が悪くなって身をひいた。

「とても居心地がいいわ」

美留が言ったので、ゆずなは眉《まゆ》をよせた。その間も周囲の光景をちらちら見ることは忘れない。いつ、どこから何が飛んでくるかわからないからだ。風が強く吹き、砂が舞い、どこかが崩れたらしく、ガラガラと大きな音がした。

「この前、マナさんに会ったわ」

音に負けないようにゆずながさけんでいる間にあたりはひどい状態になった。突風が吹きすさび、崩《くず》れかけた柱がどうっと音を立てて倒れた。熱をふくんだ砂が渦を巻く。ユリがひきちぎられて、風に舞った。

「こっちにいらっしゃいよっ、死んでしまうわよ」

ゆずなはぼうっとしている美留の手をひいて、建物の下敷きにならないようにガレキ地に逃げる。

「おばあちゃんに会ったの？　ミンじゃなくて？」

美留が聞いた。

「マナさんよ、まだ二十代のマナさんがアビスの星にいたの」

「……おばあちゃんが……、私はミンに会ったんだけど」

「ミンに会ったの？」

「……そうよ」

「わかったわ、ミンが、賽の河原の石を積んでいたんでしょう、ここは死の星なのよ、だから生き物の気配がしないのよ、こんな所に私たちは来てはいけないんだわ、早くもとにもどしてよ、死んでしまう。こんな所に来ちゃいけない、帰らなくちゃ、帰してよ、早く逃げなくちゃ……」

「もう、静かにしてよ、考えられないじゃないっ」

美留があまりに大きな声をだしたので、ゆずなはびくっと飛びのいた。

「死んだ死んだって、いいかげんにしてよ、歩《あゆみ》は生きているわ」

「歩ちゃんのことなんて言ってない、美留が……」

「あんたに何がわかるのよ、ちゃんとお父さんだって、お母さんだっているくせに、私の気持ちなんてわかるわけないっ。だいたいカサぐらいなによっ」

「わかるわけないわよっ、どろぼうの気持ちなんて」

「あんたなんか、ずっとここにとじこめられちゃえばいい」

「いやよ、私は帰るのよ、あんただってこんな所にいられやしないわ。死の星になんていられるわけないっ」

美留はゆずなをにらみつけて低い声で言った。

「アビスの意味は、死じゃないわ、A、B、Y、S、S、地獄よ」

「いやーっ」

ゆずなは全身でさけんだ。


いつのまにか、二人はもとの庭に立っていた。

「何ごとが起こったの?」

美留がつぶやく。

「あんたが……」

ゆずなは何か言おうとしたが、腹が立って、それと一緒に恐くて恐くて、次の言葉を思いつかなかった。

「帰るわ。言っておくけど、アビスが地獄なら、よけい行かないほうがいいわ……」

「言わなかった？　いつのまにか行っているの」

「……おばあちゃん、言ってたもん、長くいてはいけないって」

「だから……、好きで行ってるわけじゃないから」

「好きにしたらいい、私は知らない」

どなったわけじゃない。

なんだか力がぬけて、どなる元気がなかったからだ。

《なんだったのかしら……。どうして美留にはあんなことができたのかしら……》

美留がアビスの星を呼びよせたのだろうか。

なぜ……。

どういうときに、あの星に行くことができるのだろう。

《地獄……なの？》

ひかるこを見つけると、天国に行けるってこと？

マナさんは、そのことを美留に知らせようとしているの？

ゆずなはごちゃごちゃと考えていた。

ひとり、庭に取り残された美留はしゃがみこんで顔を手でおおった。

《いったい何が起こったの……。あれをやったのは……私？》

そうかもしれない。でも、それは美留だけの力じゃない。たぶん、ゆずなの力もあるはずだ。

それと、ゆずなは気づかなかったようだが、少しはなれたところにミンが立っていた。

《ゆずなを見ていたわ。とてもいやな目をしていた……》

美留をとられると思ったのだろうか。

《おばあちゃんも来ているって……》

どういう意味なのだろう。

《二十代のころの姿だったって……。私も懐かしい幸せだったころの姿だった》

でも、祖母にとって幸せだったのは二十代だけじゃない。

その後にたくさんの喜びがあったのではないか。

いや、ミンに会うためにはそのころの姿がよかったということか。

《ミンはとても暗い目をしていた……》

★

誰を信じたらいいのか。
ゆずなの出現によってアビスの星が、危険な場所に思えてきた。
《余計なことをするんだから……》
ミンは寂しいひとりぼっちの子。
あんなところに放っておいたらかわいそう。
美留はもう、自分が何を考えているのかわからなかった。
思いが前に進んだり、後ろにもどったり。
大切なのは、自分を必要としてくれる人。
それはミンだ。
《ミンは私を喜んで迎えてくれた……》
こっちの世界が嘘《うそ》なのだ。
両親が突然死んで、妹が意識不明なんていう、そんな世界があってたまるものか。
美留はミンに向かってほほえんだ。
《心配しないで、私はミンの味方よ》
小さな子どもが困っているのだもの、助けてあげなくちゃ……。

いや、助けてもらうのは自分なのだろうか。
ミンが、とろけそうな顔で笑ったような気がした。

## 夢うつつ

夕食後、テレビをつけるとＵＦＯ特集をやっていた。

「……幻の世界ってあるのかしら」

ゆずなが、珍しく夕食をともにした康之《やすゆき》に聞く。

「何を言っているんだ、あるわけないだろ。おまえ、もう高校生だろ」

即答だった。

「そんな言い方しなくたっていいでしょ、ＵＦＯだって幽霊だって信じている大人がいるから、こういう番組があるんじゃない」

ＵＦＯや幽霊よりも、アビスの星のほうがよっぽどふたしかなのだが、ゆずなが見たことのあるのは、アビスの星なのだ。

幻の世界は、存在する。

「ほかにすることのない人が信じているんだよ、選択の問題だ」

変な理屈に、ゆずながけげんな顔をする。

「今の子は恵まれているから、夢だの幻だの、信じていても困ることはないからな。そんなことよりも、おぼえなくちゃいけないことがたくさんあるだろう」

「お父さんは夢がないから。人生には遊びも大切なんだよ」

「基礎ができてこその遊びだ」

「遊んでいる中に、楽しみを見つけるんです」

「遊びにも基礎はある」

いつもどおり、父とかみあわない会話をしていると、外で車の音がした。

「あっ、十和子《とわこ》先生」

ゆずなは急いで出て行った。

「十和子先生、お帰りなさい」

「あら、ただいま。ひさしぶりね、お帰りなさいって言ってもらうのは」

「……美留《みる》ちゃんは言わないんですか？」

「ええ、今、ゆずちゃんに言われて気がついた」

「あの、この前、美留ちゃんとけんかしたんです。どっちもどっちだと思うんだけど、なんか気まずくて」

ゆずなは、わかってもらえるはずはないので、幻のことは言わなかった。

「よかったわ」

十和子先生が言った。

「え、どうして？」

「けんかしたってことは、美留がゆずちゃんの話を聞いていたってことでしょう、ちゃんと、心の中に言葉がとどいたってことだもの。ぼうっとしてて、話を聞いているのか、いないのかわからないことが多くて」

「……う、うん。私、ひどいこと言ったから、相当神経にさわったと思うんです」

ゆずなは、美留に対して何気なしに話した、賽《さい》の河原《かわら》の話を思いだしてほおがカッと熱くなるのを感じた。

「自分では、ひどく無神経なほうではないと思ってるんだけど……。というか、それなりに相手の立場を考えているつもりなんだけど、ここのところ、いらいらしていて、なんかうまくいかないんです、言っちゃいけないって思うんだれど、つい……」

「いいのよ、だいじょうぶ。けんかしたぐらいなら、美留もきっと少しは元気になったんだと思うわ」

「……後で私からあやまります」

「ゆずちゃん、友達とけんかしたら自分からあやまるほう？」

「うーん、どっちとも言えない。なしくずしに仲直りするほうだと思う」

「なしくずし？」

十和子先生はそう言って、ははははっ、と大きな口をあけて笑った。

「だって、後で考えるとどうでもよくなって、多分、お互いにそう思うらしくて、いつもの場所に行くといたりして、まるで前の日のことなんてなかったように、ずるずると……」

ゆずなが言っている途中から、十和子先生は爆笑していた。

「小さいころからの友達ばかりだから、そんなんでいいんです」

言いながら、ゆずなは、ああ、そうか、と思いはじめていた。

高校にはいって、知らない子ばかりがまわりにいて、その距離感をどうとればいいかわからなくて、だんだん気持ちがおちこんでいたのだ。

「美留もそれでいいと思うわ。その、小さいころからの友達と、そうじゃない友達を区別しなくてもいいのよ。それがゆずちゃん流なら相手も、そういう子なんだってわかってくれるわ」

「そう？」

「わかってくれなかったら、そのとき、別の方法を考えたらいいんじゃないかしら。つきあう前から考えこむことはないわ」

「そ……かあ」

ゆずなは深くうなずいた。

「ごめんなさいね、気をつかわせて」

「そんなことありません。ただ、いくら考えても、美留ちゃんがどんなことを言ってほしいか、どんなことをしてほしいかわからなくて。でもひとりでいちゃいけないように思うし、なんか……。美留ちゃん、別の幻の世界にいるみたいだから」

「アビスの星？」

十和子先生は、目をきらっとさせて聞いた。

「そうなんです」

ゆずなは思わず大きな声をあげる。

「母もね、病気でふせっていたころ、アビスの星とこっちの世界をずっと行ったり来たりしていたのよ。美留の場合も一種の病気ね、だからそのうち、こっちの世界にもどってくるわ。母だってもどって来たんだから」

「どうやってもどって来たんですか」

「ひかるこを書いたのよ。いろんな人から話を聞いてね」

「……ふーん……」

「美留が心配するから、いえにはいるわね」

十和子先生は急いでいえに帰って行った。

《ひかるこを見つけたんじゃなくて、ひかるこを書いた……》

それは、どういうことなのだろう。

そして、どうして今、アビスの星にいるのか。

菊川《きくかわ》のおばあちゃんは、美留に何かを伝えようとしているのだろうか。

★

「ただいまーっ」

十和子の大きな声が聞こえて、美留はびくっとした。

いつのまにか、アビスの星に行っていた。

「この先に行けば、お城があるんだよ」

とか、

「右にはガケがあるから行っちゃいけないよ」

とか、

「橋を見にゆこう」

というミンの指示にしたがって、ただ前に前にと進んでいた。ふと、気づくと眠っているのか、起きているのか、はっきりわからないときが延々とすぎてしまう。

ゆずなと一緒だったとき、風が吹いていたのに、今は風一つなく静かでおちついている。

「美留——、寝てるのー」

また十和子の声が聞こえ、

《私、いったい何をしているの……》

美留は立ちあがって、階下におりて行こうとした。

「行くなよ」

ミンに言われて、またふっとアビスの星にもどる。

「どうしてあなたのいうことを聞かなくちゃいけないのよ」

「アビスの星にいたほうがいいからだよ。そう思わないの？」

「……よく、わかんない」

「わかるまでいたらいいじゃない」

「……アビスの星には、ねがいをかなえてくれる妖精がいるんだっけ」

「うん、そうだよ、一緒にさがしてあげるよ」

「……そんなの、いるわけないじゃない」

美留は、ゆずながほしがったという祖母《そぼ》の書いた本を、自分の分ももらったけれど、まだ読む気になれないでほうってある。

《ねがいをかなえてくれる妖精なんて……バカみたい》

そんなものがいるのなら、自分がこんなつらい目にあうわけはない。

「ボクをひとりにしないでよ」

この声にいつもだまされてしまう。

うまい具合いに美留の心をつつく方法を知っているのだ。

すがられれば、美留はつきはなすことができない。

いつもそうやって歩のわがままを聞いてきたから。

アビスの星にいると、頭がごちゃごちゃになって、わけがわからなくなってしまう。休むために眠っているはずなのに、眠るとアビスの星に来てしまい、ミンにつきあってだらだらと歩いてしまうから、ちっとも頭を休める余裕がない。

「早く、さがしに行こうよ」

ミンが言ったとき、美留の耳に、別の声がわりこんできた。

「歩がよい方向に向かっているらしいわ、今日、指が反応したの。もう少しだわ、新しい薬がきいたのかもしれない」

「えっ、歩が？」

美留の心がパッとはれた。

ゆがんだミンの顔が消えて行った。

《私はこっちの世界にいなくちゃ》

ミンと一緒に行ってはいけない。

美留は、立ちあがって、階下におりて行った。

「ほんと？　歩が反応したの？」

「ええ、歩ちゃん、がんばっているのよ、私たちもしゃんとしなくちゃね」

「うんっ」

「見て、駅前でおこのみやき買ってきたの、東京では、真夏にこんなの売ってないでしょう」

十和子は、つつみをガサガサいわせる。

「よかった、お姉ちゃん遅いと思って、ごはんのしたく、してないの」

美留は、ぼうっとしてミンに会っていたとは言えずにそう言ってごまかした。

「冷凍ピラフがあったでしょう、それと野菜サラダにしましょう」

十和子は手早く、用意をはじめた。

「お姉ちゃんて、すごいね。ぼうっとしている時間ってないの?」

「そうでもないわ、ぼうっとしているのも好きだもの」

と言いながら、ぱたぱたと十和子は動きまわり、美留はすわりこんでしまった。

「ほんと、このあたりって、夏なのに涼しいわね。冬は寒いの?」

「海辺だからそれほどでもないけど、やっぱり寒いわ。私はなれているけど、ババシャツの用意はしておいてほうがいいわ」

「ババシャツ……」

「真夏にババシャツの話はないか。でも夏でも夜はノースリーブじゃ、寒いでしょ」

美留は十和子の声を聞きながら、ミンの姿が見え隠れしているのを感じていた。

《誘いに来ている……》

でも、自分は行かない。

だってすぐに歩が目ざめるのだもの。

美留にとっては、一番大切なのは歩。

ひかるこなんて、いらない。

「おばあちゃんたち、どうしているかしら」

「そうねえ……。今度、会いに行こうか。私も、半年、行ってないわ。父さんが、美留に会いたがっていたっけ」

「電話したの?」

「うん。ときどきね」

どうして、私に言わなかったの、と美留は聞こうとして、はっとした。おじいちゃんは、十和子のお父さんだ。父をなくしたばかりの美留には言いにくかったのだろう。

「今日、ごはん終わったら電話しよう」

美留が言うと、十和子はうなずいた。

「そうね、そうしようか」

★

《眠っちゃいけない》
美留はベッドの上で、体を硬くしていた。
ミンの呼び声が聞こえる。
「早く来いよっ」
「だめ、私は行かない」
歩がいるんだから。
死の星、アビスは死の星。
そう言ったのは、ゆずなだ。
本当にそうかもしれない、美留は心のどこかでそう思いはじめていた。
何度も影のように現れる人に出会った。
若い人も、年とった人もいた。

幼児も、赤ん坊も。

男も女も。

美留にもミンにも、まったく気づかずに、ひとりでじっとすわりこんでいたり、走りまわったりして、そういうとき、影の中には、いろんな風景が登場した。

花や実、ネコや犬、鳥や爬虫類《はちゅうるい》。

すべて石でできている。

山や湖の一部。

灰色だ。

なれてくると、顔も表情もはっきり見え、ときには声まで聞くことができた。

「やっと出会えたわ」

「迎えに来てくれたんだな」

と、たいていはうれしそうな顔で、そんなことを言った。そして、至福の表情を浮かべて、ふわっと空に舞いあがり、まるで流れ星のように光を発して、楽園の星に飛び去ってゆく。

けれど、中には、どんな風景にも現れた物たちの何にも満足できずに、飛びまわっているだけの人もいる。

「ああいう人はどうなるの」

美留がミンに聞いた。

「ずっとずっと飛びまわり続けるのさ」

「……ミンも？」

「ボクはここを守っているって言っただろう。唯一の存在さ」

「ふーん、ねえ、おばあちゃんには会ったの？」

さらにたずねようとする美留に、

「うるさいなあ、もういいじゃないか」

とミンは言って、そっぽを向いた。

「見てよ、ボク、花をつくりだすことができるようになったんだ、花を想像することができるんだ、あんたのおかげだよ、見て、とってもすてきなんだから」

なおもミンはそんなことを言って美留を誘ったが、美留は耳をおさえて首をふった。

《花を思いださせてくれたのは、ゆずなよ……》

土をほりおこしたり、雑草をぬいたり、そんなことをしなければならなくなったのは、ゆずなのせいだ。うるさくつきまとって、美留の神経をいらだたせ、しなければならない仕事をふやして帰って行ったゆずなを思い浮かべると、現実にひきもどされるのを感じた。

アビスの星に行かないためには、眠らないこと、ぼんやりしないこと。

美留は、できるだけ庭を歩きまわり、十和子がいるときには十和子と話し、歩といるときには、一日にあったことや、思ったことをとぎれなくしゃべり続けた。のどがかれても、美留は話すのをやめなかった。

《ほかに方法があればいいんだけど……》

美留には思いつかなかった。

## 美留とゆずな

十和子《とわこ》先生にたのまれて、ゆずなが美留《みる》のいえに行ったのは、午後八時すぎだった。

「本当にごめんなさい、美留を見ていてもらいたいの。できるだけ早く帰って来るつもりだから」

「は……はい。私でいいんですか。私のことをきらいだと思うんですけど……」

「そんなことないと思うわ。……というより、ゆずちゃん以外に友達はいないはずだし。それに、病気ってわけではないの、少し熱があるだけだから、入院させるわけにもいかなくて」

「は……い」

「ここのところ、よくしゃべるようにはなったんだけど、夜、よく眠れないのか、夢遊病の気もあるみたいで、ふらふら起きだすこともあるの」

「……やっぱり。庭にいるのを見たことがあるんです」

「本人はよくわかっていないみたいなんだけど。いくら医者でも、私にもどうにもならないことってたくさんあって、できるだけそばについているようにはしているんだけど、今日は急患《きゅうかん》で、しかたがないの」

ゆずなが、十和子先生につれられて美留のへやに行くと、美留はベッドの上でひざをかかえていた。

「美留、ゆずちゃんに来てもらったから、具合いが悪くなったら言うのよ」

十和子先生が話しかけても返事がかえってこない。美留の顔がゆっくりゆずなたちのほうを向いたので、

「こんばんは」

とゆずなは言った。

「……こんばんは」

かすかな声で美留は答える。

「隣に寝ていい？　シーツとタオルケットはもって来たから」

ゆずなが言うと、美留はこっくりとうなずく。

《拒否しているわけではないみたい……》

けんかした後、まだ仲直りをしていないが、もともと仲がよかったわけでもないし、ゆずなのやり方をとおせば、このままずるずるともとの関係になる。

「ごめんね、じゃ、私、行くから。急用があったら、病院に電話ちょうだい」

十和子先生はあわただしく出て行った。

「……きれいなへやね」

手もちぶさただったゆずなが言った。

「……必要な物しかだしてないからさっぱりしてるの。読みたい本があったら、自由にだしていいわ」

少しまのびしたような調子で美留が言った。

「うん、わあ、天体望遠鏡がある」

「……父が高校生のときに買ったんだって」

美留はゆっくりと立ちあがり、ふらふらしながら、

「見る？」

と聞いた。

「え、だいじょうぶ？　動かないほうがいいんじゃないの」

「疲れるから眠りたくないの」

「ふーん」

言っている意味がわからなくて、ゆずなはただうなずいた。その間に、美留はへやにおいてあった天体望遠鏡をベランダにもちだす。ゆずなはなんとなく美留にくっついてベランダに出た。ちょうどまん丸の月が浮かんでいる。

「いい天気って、夜の場合は言わないのかしら。星もいっぱい」

ゆずなは空をながめて言った。

天の川がよく見えるが、アビスの星とは、星の配列がちがうようだった。

《ぶきみな感じはないし……》

ゆずなが空をながめている間に、大きなため息を何度もつきながら、十分ちかくたって、美留はセットを終えた。

「見て」

と言って、美留は天体望遠鏡からはなれた。言われるがままにのぞきこんだゆずなは、思わず声をあげた。

「わあ、これが月なのお、でこぼこだあ。すごーい、ねえ、動かしてもいい?」

「ここが微調整だから、動かしてもいいわよ」

「これが、右、左、うわー、すごい。月って本当にこんな姿してるんだあ。あっ、月って書いてある、なーんて。私、のりものよいするタチだからどんなに文明が進んでも、宇宙船にはのれそうもないんだけど、あーっ、行ってみたい。宇宙って、観光地がないっていうけど、月自体が観光地でしょー、でもさ、このクレーターって富士山ぐらいに広いのかな、そしたら、歩いてはのぼれないね。体力ないもん……」

ひとりでしゃべりまくって、ふっと気づくと、美留はもうベッドに横たわっていた。

「あれ、眠っちゃったの？　まだ九時なのに。ふむ、私のおしゃべりは、退屈で眠くなっちまったってことかい」

十和子先生は、よく眠れないようだ、と言っていたのに。

美留は軽く唇をひらいたまま、すっかり寝入っている。

「寝つきがいいなー。おっやすみー。でも、ゆずちゃんはどーすんのよう」

しばらく天体望遠鏡で遊んでから、音をださないようにそうっとへやにもどし、ゆずなは、何か本でもないかな、でもあんまりきょろきょろするのも失礼だし、と思いながらちらちらとへやの中をながめた。

「……あっ、これ」

窓辺に、灰緑色の気味の悪い絵がおいてあるのを見て、ぎくっとした。

「MANAってことは、おばあちゃんが描いたのね。いつの絵なのかなあ……」

気味が悪いと思ったが、ふしぎと心がひかれる。陰影が何かの形をつくっていて、ゆずながが動くと何か形を結ぶように見えたが、はっきりとはわからない。

《まるでアビスの星》

病気で苦しんでいるときに、描いたのかもしれない。

胸が苦しくなるような絵だった。

《どうして、こんな絵をわざわざ飾っているのかしら》

月明かりの中で、ますます絵は精気をとりもどし、せまってくるようだった。

★

いつのまにか、美留は眠りの奥底にひきずりこまれていた。

「なにこれ……」

あたりはひどいありさまだった。阿鼻叫喚《あびきょうかん》が飛びかい、影のような人々が走りまわっている。

「あいつが来たんだよ」

起きている間、ずっと目の前を見え隠れしていたミンが、実体を現して言った。

「あいつ?」

「使者さ」

「死者……。死んだ人?」

「ちがうよ、つかいの者、使者。闇の星につれて行こうとしているんだ」

「闇の星?」

美留はバカみたいにくりかえすしかない。

「アビスの星の先にあるのは、楽園の星だけじゃないんだ。もう一つ、まっくらな闇の星があるんだよ、そこには、何もないんだ。苦しみも悲しみも、いたみも、つらさも何もない。行ったら二度と帰っては来られない」

美留は呆然《ぼうぜん》とミンを見つめた。

《ゆずなの言ったとおりなのよ……》

ここは、死の星なのだ。死の途中の星なのだ。

楽園の星に行くか、闇の星に行くか。

天国か、地獄か。

だれがどうやってきめるのかわからないけれど、今、ここでつかまってしまったら、闇の星に行くしないのだ。

「闇の星には行きたくない」

「じゃあ、ボクと一緒に、アビスの星を守る?」

「私はいえに帰るの」

「ひかるこを見つけなくちゃ、帰れないよ」

「……ひかるこってどんな姿なの……」

美留は祖母の書いた本を読まなかったことを後悔しだした。

「知らないよ、ボクには関係ないもの」

「……ミンってもっとやさしい子だと思っていたのに」

「やさしくなんかないもん」

力ない声でミンはつぶやく。

ごうっ、と熱風が吹いてきて、美留の髪の先がチリチリとやけた。

石の塔が風に揺らいで崩《くず》れるのが見えた。

「どこに逃げればいいのかしら」

美留はきょろきょろとあたりを見まわす。熱風に、影の人がすいっすいっとすいこまれていく。

《私は……いや……》

一か所だけ、火の手のない空間があったので、美留は、そっちへと走った。ユリは無残にやけこげ、重ねた石は砕《くだ》けてちらばっている。

「ボクの仲間になる手もあるんだよ」

ミンが言いながらついてくる。

「地面に亀裂《きれつ》があるわよ、気をつけてっ」

美留はミンに向かってさけんだ。

「どこに行くんだよ」

「わからない、とにかく、私は闇の星に行くわけにはいかないし、アビスの星に残ることもできないの」

「ボクをひとりぼっちにするんだ」

「……何か、考えてみるわ」

美留はしぶしぶ言った。

《私も残るとは言ってないわ……》

こんなごまかしを、歩《あゆみ》はとてもきらった。

きっとミンもきらいなはず。

でも、今はそうするしかない。

亀裂を飛び越えると、そこは氷の地だった。雪の塊が容赦《ようしゃ》なくふってきて、二人を凍らせようとする。

「冷たいっ」

美留はさけんだ。

「どこに行くんだよ」

「わかんないけど、逃げるのよ」

とにかく、前に進まなくちゃ。

歩いていれば、凍らないし、きっと何か思いつくはず。

美留はミンの手をひきずりながらどんどん歩いた。

《ひかるこ、を読んでおけばよかった。おばあちゃんが何を考えたか、少しはわかった

かもしれないのに……》

歩きながら、美留は頭をはたらかせる。

ゆずなの言葉に、何かヒントが隠れていなかっただろうか。

十和子は何か教えてくれなかっただろうか。

おじいちゃんは……。

何かにつっかかって、美留が転び、一緒にミンも転んだ。ひじとひざに血がにじんだ。

「ボクのそばにいてくれるわけじゃないんだね」

ミンは起きあがりもせずに、そう言った。

「妹が私を待っているの」

「ボクだってひとりぼっちだよ」

「ミン……」

涙を浮かべているミンを、だきしめた美留の胸の奥がどきん、となった。

《こんなことしていてはだめ……。ミンはかわいそうだけど、私は帰らなくちゃ》

美留は、起きあがった。

「はやく、来いよ」

いつのまにか、美留の手とミンの手がぴったりとくっついてしまった。

「なにこれ」

「心配しないで。ボクは美留のひかるこだから、ねがいをかなえてあげるよ」

言うなり、ミンは走りだした。

「いたい、やめてよ、何をするの、どこに行くの」

ひっぱられる手がいたくて、しかたなく美留も走りだした。

でも、美留には、自分が行ってはいけない場所に行こうとしているのがわかった。

『アビスの星は死の星なんだから』

ゆずなの声が聞こえたような気がした。

『ババシャツを用意しなくちゃね』

十和子が笑いながら言う声も。

美留は、自分の体が変に軽いことに気づいた。

ふわん、ふわん、と宙をけっている。

「すごい、できるじゃないか。ボクにもやりかた教えてよ、楽園の星に行こうよ、幸せになろうよ」

「ちがうちがうちがう」

浮きあがる体を、必死で地面に押しつけながら、美留は大きな声でさけんだ。

「助けてっ、ゆずなっ」

けれど、出た声は意味をなさないうめき声だった。

「ゆずな、ゆずな、ゆずな」

それでも美留はさけび続けた。

# アビスの星と闇の星

「ぐうううっ」

うめき声にびっくりして、ゆずなは飛び起きた。

枕《まくら》もとの時計を確認すると、十二時。

ゆずながカーテンをあけっぱなしていたので、へやは月明かりにてらされている。

「美留《みる》？　どうしたの？」

声をかけたが、美留は起きない。

「ぐうううっ」

ふたたび美留が声をあげたので、ゆずなは美留のベッドのそばに行った。

「ゆずな……」

うめき声の間に、美留がそう言ったような気がした。

「美留、美留、どうしたの？　恐い夢でも見ているの？」

額に手をあてたが、熱があるようには思えない。

「あっ」

美留の手がへんなかっこうにひっぱられたのを見て、ゆずなは声をあげた。

「……なに、いったい……」

ゆずなは美留の手をもとにもどそうとしたが、妙な力がはたらいているようで、ゆずなにはどうにもならない。

「夢を……見ているのかしら。でも……」

そういえば、ガレキの夢を見たと言った美留の腕に、ひっかききずがあったのを思いだした。

「アビスの星」

それは、夢の中からも行けるのだろうか。

ゆずなは、あの風景の中から行ったのに。

「行けるのよ、美留は……」

昼間に、庭から突然あの地につれて行ったぐらいだもの。

そういう力をもっていたのだもの。

「まって……。美留は自分が行ってるんじゃないのよ、魂が行ってるんだわ」

どういうことなのかしら、とゆずなは頭をめぐらせる。

「このまま行ってしまうつもり？　それってどういうこと……」

どうすればよいのだろう。

両親は信じてくれるはずはない。

十和子に電話しても、いつ来ることか。

「山に……」

立ちあがりかけたゆずなは、ふと呼び声が聞こえたような気がしてふりかえった。

「あっ」

出窓に立てかけられたおばあちゃんの描いた絵が、月明かりをあびてふしぎな陰影をつくった。その中にユリとわき水が浮きあがる。

ゆらりとマナが現れた。

「おばあちゃん、ここから行けるの？　やってみよう、『アビス、アビサール、アビシニーア』」

呪文《じゅもん》をとなえてゆずなは思いきって、絵の中に手を入れた。

しかし、手があたるのはキャンパスだった。

「どうして……。どうして行けないの……」

やっぱり、山に行かなくてはならないのだろうか。

ヤマユリとわき水と、月明かり。

「……ゆずな……助けて……ミン、私は帰りたい……」

美留のうめき声。

「美留、どうしよう、私……」

目の前でキャンパスの絵が変わってゆく。

嵐《あらし》が巻き起こっているようだ。

「裏山に行かなくちゃならないの……」

ゆずなは立ちあがる。

ちがう。

そうじゃなくて、あのときと何かがちがうはずだ。

最初に行ったのは……。

二度目は……。

「絶望?」

二度とも、自分はうちひしがれてあの場に行ったはずだ。

今も同じ気持ちにならなければ行けないのだろうか。

「だから、美留は眠るだけで行けたの……」

ゆずなは、美留が悲しそうに夜の庭をふらふら歩いていたのを思いだした。ぼんやりとベランダにたたずんでいたり、ユリの花をながめていたり、美留は、いつも絶望的な目をしていた。その目を見るのが恐くて、ひきずりこまれそうで、ゆずなは美留をさけていたのだった。

「美留、ごめんね。私、ひきょうだったわ……」

ゆずなは、美留の手をさすって言った。

「私だって、友達に救われたんだもの、美留にも友達が必要なはずだったのに」

ゆずなは、海のクラス会を思いだしていた。実佐子《みさこ》が、ゆずなと親友になりたくて誘ってくれたのではないことは、ゆずなにもわかっていた。ただ、実佐子が、自分のことを気にしてくれたことがうれしかったし、何人かのクラスメートとは気があうのを感じた。美留が、ゆずなのことをきらいでも、クラスの中には美留と仲よくなれる子がいたかもしれない。あの日、むりにでもつれて行けばよかった。

だから、せめて今は、自分にできることを精一杯しよう、とゆずなは思った。

急いで山に行かなくては、と思ったとき、

「ゆずなちゃん、来ちゃだめ」

キャンバスの中から声がして、ゆずなはぎくりとした。

「私が美留を助けるから、あなたは来てはだめ」

「えっ」

「美留を説得するために、私はここに来たの、だから」

「でも」

「あなたまで、取りこまれてしまう、ミンはとても恐い子なのよ」

「ミン？　ひかるこをさがしにアビスの星に行った子ね」

「ミンはアビスの星を守っているの、そして……」

マナは何か言いかけたが、風にのって飛んできた石がぶつかってどうっと倒れこんだ。

「あぶないっ、『アビス、アビサール、アビシニーア』」

ゆずなは思いきって頭から絵につっこんだ。

傾いた塔が遠くに見える石でできたユリの中に、ゆずなはでんぐりがえしでつっこんでいた。

「いったあい……」

ユリはめちゃくちゃにふみ荒らされていて、残っていた城もやけおち、ぷすぷすとまだ煙があがっている。

なにがあったのだろう。

考えているヒマはない。

「マナさん？　どこにいるの？」

「……ここよ」

煙の影からでてきたマナは疲れた表情を浮かべている。

「ゆずなちゃん、すぐに帰って。ひかるこはここじゃなくても見つけることができるのよ、だから……」

「でも、美留が、私に助けてって言ってる」

「ミンは私たちとはちがうのよ、取り殺されてしまう……」

「ごちゃごちゃ言っている時間はないわよ、とにかく、美留はどっち？　教えて」

ゆずながマナの両肩ゆさぶる。

「あっちに行ったわ」

マナが塔とは逆側をさした。

「私は行くわ、どうすれば、助けられるの」

「アビスの星から出るには、ひかるこを見つけなければならないの」

「どこにいるの」

「わからないわ」

「じゃあ、どうやって助けるつもりだったのよっ」

ゆずなは言ったが、マナは眉《まゆ》をよせてただ首をふった。

「とにかく、さがさなくちゃ」

「……ミンと一緒にいるの、ミンがひっぱっているの」

理屈はわからなかったが、聞いている暇はなかった。

「こっちでいいのね」

マナが教えてくれないので、しかたなくゆずなはマナについて歩きだした。

《これがアビスの星の真実よ》

ゆずなはあたりの風景を見て思った。

魅力があって、誰《だれ》もが来たくなるような場所であってはいけない。

もどるか、行くか、人は一瞬にしてきめるのだろう。

あちこちのやけ残りからぷすぷすと煙があがる。その、にごった空気の中に、きらきら、
きらきら、と光るものを見つけて、

「あっ、ひかるこ」

ゆずなは声をあげた。

「なに？」

すぐ前にいたマナが聞いた。

「ううん、なんでもない」

すぐに消えてしまったので、そう言うしかなかった。

《ひかるこはここにいるのかもしれない……》

でも、ゆずなはそう思って、目をあちこちに走らせた。

《絶対見つけるわ……》

ここはアビスの星だもの、きっといるにちがいない。

ミンがひっぱっているのか、美留がひっぱっているのか。

ふらふらとまるで方向がわかっているかのように、美留たちは歩いていた。

「アビスの星は途中の星なんだ。みんな、来てはどこかに行ってしまうんだ、ボクをおいてけぼりにしてさ」

ミンがつぶやいた。

「ひとりで守るのは大変ね……」

「だから、一緒にいてよ」

「それは……」

歩き続けて、二人は砂浜についた。

波がよせてはかえす音だけで、もう、闇の星からの使者はいなくなったようだった。

「誰でもいいわけじゃないんだよ、美留にいてほしいんだよ」

「……でも、私は……」

力なく首をふった美留は、自分はいったいどうなるのかしら、と思った。もしかすると、すでにベッドの上で死を迎えているかもしれないし、ひょっとするとゆずなが気づいて救

★

急車を呼んでくれているかもしれない。帰らなくちゃ、という思いはあるが、目の前のミンを見ていると、ひとりおきざりにしてしまうこともできない。

《歩《あゆみ》には、お姉ちゃんがいるし……》

ひとりぼっちになる悲しみは、自分が一番よく知っている。

「一緒にいてあげてもいいわよ」

美留が言うと、ミンの顔はぱっと明るくなった。

「ほんと、ほんとにいいんだね」

その笑顔に、美留はにっこりとうなずいた。

《これでいいんだわ……。これが運命なんだわ……》

ミンとつながっていた手がはずれ、ミンは美留の手をにぎりしめた。

「こんなことしたくなかったんだ。むりやりアビスの星にとじこめようとして、ごめんなさい」

「いいわよ、私がいじわるだったわ。ミンのことを考えてあげなかったもの」

「向こうに海があるんだよ、広い広い海」

「海は広いにきまっているわよ」

「あ、そうか。マナがね、海が見たいっていつも言っていたんだ」

「療養所は、海の見えない場所にあったのね」

ご機嫌でスキップをしているミンに美留もあわせた。あわせたというより、一緒にいるととても楽しい、と思えてきた。

「ミンは泳げるの?」

「ボートがあるんだよ、ボクはこげないけど」

「あらやだ、私もこげないわ」

「だいじょうぶだよ、二人なら、こげるもん。時間はたっぷりあるから」

それほど歩かないうちに、二人は海についた。

しかし、その海は暗く、波はひどく荒い。

「ボートはあっちだよ」

ミンがぐんぐん手をひいて行った先に、石のボートがあった。

「まって、むりよ、こんなに荒いんだもの、海はあきらめましょう」

「大丈夫だよ、ボクの星だもの」

「私、泳げないのよ」

「一緒にのろうよ、おねがいだよ」

美留はなんだか頭がぼんやりしているのを感じた。なぜ、ここにいるのか、今まで何していたのか、何をしようとしているのか、はっきりしない。

「まって……何か……」

脳裏に記憶の中の光景がよみがえる。

あれはいつかの朝食。

あわただしくて、ろくに朝の挨拶もできなかったり、せっかくの朝食を残したりしたことがたくさんあったけど、あのぐらい活気にみちていることはなかった。忙しさにまぎれて、昨日のけんかのごめんなさい、を言い、日曜日の約束をむりにさせた。

『約束したもーん、火曜日の七時二十三分に』

歩が勝ちほこったように言う声。

『歩にはかなわないなあ』

あきれた父の声。

『なんでもないってことが一番楽しいのよ』

母の穏やかな声。

「早く行こうよ、ボート、楽しいよ」

ミンが言う。

「私……」

「すぐにみんな忘れるよ、ボクはきっと美留を守るから」

「うん」

美留はうなずいた。

# 海の上のひかるこ

ゆずなは、マナをともなって歩き続けた。ガレキはだんだん細かくなり、砂状になった。足がずぶずぶとのめりこみ、ひどく歩きにくい。

「本当に、こっちにいるの？　別に楽しいことなんてないみたいだけど」

ゆずなが言った。

「ミンは気に入ったら海に誘うの、私も誘われたわ」

「海？　海があるのね。それからどうするの」

「ミンは仲間がほしいのよ。一緒にアビスの星を守る仲間。でも、そんなことできないの」

「できないのに、誘うの？」

「ミンはすぐに忘れてしまうのよ、そして次の子をさがすの。そして海に誘うの」

「美留《みる》ちゃんは……泳ぐのは得意だった？」

「泳げないわ、そして、美留は、アビスの星の一部になってしまう」

「美留は死ぬってことね」

ゆずなが語調を強めると、マナは悲しそうにうなずいた。

「死なせるわけにはいかないわ、私は迎えに来たんだもの……。あ、海だわ」

ゆずなは、海に向かって砂浜を走りだした。

二人が海にたどりついたとき、石のボートがゆらゆらと海にこぎだしてゆくところだった。

「美留ーっ、まって」

ゆずなはさけんだ。

「あっ」

海の上にきらきら、きらきらと光るものを見て、ゆずなは立ちどまる。

《ひかるこだわ、ひかるこが海の上にいる》

ゆずながきらきらに目をとられていると、

「早くしなくちゃ」

マナが言い、海の中に走りこんだ。

すぐにゆずなもあとを追う。

ゆらゆらと石のボートは遠ざかる。

ボートにのった子どもがふりかえり、いやな目でゆずなとマナを見た。

「ミン、おねがい、美留をかえして」

マナが言った。

「やだね。なんだよ、マナなんて、ボクを裏切ったくせに」

ミンはボートをどんどん沖へと向かってこぐ。一緒にのっている美留は、まるで何もかも忘れたようなぼんやりした顔をして、ボートのゆれに体をまかせている。

「美留ー、もどってきて」

ゆずなはさけんだ。

「美留ー、美留ー」

何度目かに呼んだとき、美留の耳にゆずなの声がとどいたらしかった。

急に美留の瞳に光がともり、ゆずなの顔をしっかりと見つめた。そして、

「ゆずな」

とつぶやいてボートの上に立ちあがったとたんにバランスを崩《くず》して、

「きゃあああっ、助けてー」

と海の中に消えていった。

「今行くわっ」

ゆずなは抜き手を切って泳ぎだす。

「ゆずな、あなたもおぼれちゃうわっ、私はいいから……もどって」

海に顔をだした美留が、さけび、ぶくぶくと沈《しず》んで行く。ゆずなには、マナとミンがどうしているのか見えなかった。

《美留、どこにいるの、美留》

波にもまれながら、ゆずなは必死で美留をさがした。目の前に、長い髪が見え、ぐいっとその髪をひいた。

「がんばって」

美留の顔を水の上に押しあげたとき、

《あっ、ひかるこ》

波間に、きらきらを見つけて、ゆずなは手をはなしてしまった。

「うぐっ」

美留はうめいて水に沈んで行く。

「あっ、ごめん」

ゆずなはあわてて美留をおいかけた。

《私ったら、なんてことをしてるの……》

息をつめ、ふたたび水にもぐる。

「美留っ」

ふたたび美留の手をつかみ、海上に押しあげたとき、ゆずなはまたしても、空気の中が、きらきら、きらきら、と光るのを見つけた。

《ひかるこ》

けれど、今度は美留の手をはなさなかった。

「はなして……ミンが……」

力なく美留が、つぶやく。

「はなさないっ、こっちに来なくてはいけないの、あの子はアビスの星の子なの」

「私、一緒にいてあげるって言ったの」

「だめっ」

ゆずなは、あばれる美留のほおを、ぴたんっ、とたたいた。

きらきらがすうっと遠ざかる。

《チャンスの神様には前髪しかない……》

ゆずなは歯ぎしりしたが、美留の手をはなすことはなかった。力いっぱいひきずって、浜にたどりつく。

浜にうつぶせた美留の背中に手をあてて、

「美留、だいじょうぶ?」

とゆずなが聞くと、美留は荒い息の下でうなずいた。

「うん……」

すわりこんだゆずなは、ぱんぱんと音をたてて手についた砂をはらう。

「田舎の子は強いんだから、美留を取りかえそうときめたら、なんとしても取りかえすのよ」

ゆずなが鼻息荒く言うと、美留は顔をゆずなのほうに向けて言った。

「ありがとう」

「こう見えても、私だってやるときはやるんだから」

そう言って、てのひらでぬれた髪をかきあげたとき、きらきらっと目の前が輝き、

「えっ」

とゆずなは小さく悲鳴をあげた。

まじまじとてのひらを見つめたが、もうきらきらはどこにも見えない。ふやけた手に砂がこびりついているだけだ。

「そんな……」

呆然《ぼうぜん》としていたゆずなは、美留に、

「あの人が、おばあちゃん?」

と聞かれて、ゆるゆると美留の視線をおった。

マナが、小さな子をぎゅっとだきしめている。

「じゃあ、あの子がミンなのね」

ゆずなが言った。

「おばあちゃん、逝《い》ってしまうつもりなのかしら」

美留の質問に、ゆずなはこたえることができなかった。

歩いて来る途中に、マナが覚悟をきめているらしいことに、気づいていたからだった。

★

目がさめた美留は、隣のベッドにゆずながいないのに気づいた。

「いったいどこに……」

ベッドの向こう側に、ゆずながころがって歯ぎしりをしている。その顔には朝日が直接あたっている。

「ゆずな、起きて」

美留は、アビスの星で見たゆずなのすさまじい形相を思いだしてくすっと笑った。

「あんな顔されたら逃げたくなるわよ」

「う……あ……」

夢うつつで起きあがり、寝ぼけているゆずなを、ベッドに誘導してタオルケットをかけてあげた。

「私も、もうひと眠りしようかな」

そうつぶやいたとき、

「う……うん」

とうめいて、ゆずなが目をさました。

「美留、行っちゃだめっ」

ゆずなはいきなり美留に飛びついてきた。

「く、苦しい。はなして」

「はなさない、絶対にはなしたりしない」

「ゆずな、起きて、起きてってば」

「……はれ？　私……」

「もう帰って来たのよ」

美留が言うと、ゆずなはやっとだきついていた手をはなしてくれた。

「ゆずな、ありがとう。迎えに来てくれて」

美留は頭をさげた。

「う……うん」

「はじめは、ミンがかわいそうで、ずっと一緒にいてあげたいって思ったの。でも、だんだんなんだかわからなくなった。ミンはひとりぼっちだったから。歩《あゆみ》にはお姉ちゃんがいるから、いいかなって。でも、やっぱり、こっちに帰って来たかった……」

「……しかたがないのよ。だって、おばあちゃんが言ってた。アビスの星にい続けることはできないんだって」

目がさめたらしいゆずなは、きっぱりした口調で言った。

「ゆずなって泳ぎが得意なのね、やっぱり海辺の子はちがうわ」

「ううん、海でなんか、そんなに泳げるものじゃないわ。アビスの星は特別だもの、泳げると思えば、泳げるし、だめだと思えばだめなの、そう思ったから行ったの」

「ゆずなって、勇気があるのね、あんまりそういう子には思えなかった」

美留が言うと、ゆずなは、がははは、と大口をあけて笑った。さっきまで眠っていて、その後は真剣にアビスの星の話をして、かと思うと大口をあけて笑う。

《今まで、こんな子に出会ったことがないわ》

ひっくりかえって笑いころげるゆずなを前にしていたら、美留はどんどん心が軽くなってゆくのを感じていた。

「すんごい顔して、私のこと、ぶったのよ、おぼえている?」

美留が言うと、

「美留だって、あばれまわってすごかったわよ」

すぐにゆずなはかえしてきた。

「そうだったかしら、だっておぼれると思ったし、ゆずなまで海にひきずりこんじゃうと思ったんだもの」

「私も、自分があんなに勇気があるとは思わなかった。でも、美留には、絶対に帰ってきてほしかったんだ」

「うん、帰ってきて、本当によかった。今度、一緒に海に行きたいな」

「いいわよ、行こう、行こう」

ゆずなは、ぴょんとベッドからおりると、

「わああっ、今日も晴天だあ」

と、ベランダに出て行った。


午後になって祖父《そふ》から電話がはいった。

「昨日から眠りっぱなしで、美留、美留ってうわごとで言っていたんだよ。今度、遊びにおいで」

「おばあちゃん、元気なの?」

「元気だよ、美留に会いたがっているんだ、さっき起きて、美留はいつ来るって聞いたんだ」

「私もおじいちゃんとおばあちゃんに会いたい」

おばあちゃんは、アビスの星のことをおぼえているのだろうか。

それとも、何もおぼえていないのだろうか。

## はじまり

それから、まるで何ごともなかったような日がすぎていった。美留《みる》の顔には表情がもどり、ときには声を立てて笑うようになった。ゆずなは、会うたびに、なんてきれいな子なのかしら、と思い、それがとてもうれしかった。

顔を洗った後、ゆずなは鏡に向かって言った。

「おはよう、ひかるこ」

鏡の中のゆずなも同じ言葉をかえす。

「おはよう、ひかるこ」

いただいた『ひかるこ』の絵本は読まずにひきだしの奥深くにしまいこんだ。きっといつか読むことがあるかもしれないが、今は、読みたくない。

「アビスの星か……。今ごろ、また静かになっているのかな……」

美留の言うＡＢＹＳＳを辞書でひくといろんな意味があった。

ＡＢＹＳＳ…底知れない割れ目、深い淵、どんぞこ、はてしなくはかり知れないもの、天地創造以前の混沌《こんとん》、そして、地獄。

アビスの星は、時の裂《さ》け目《め》ではないか、とゆずなは思う。

誰《だれ》でも、いやなことが続いて心が疲れてしまうときがある。そんなとき、現実からはなれて時の裂け目にはいって心を休める。そして、新しい希望を見つけて、現実にもどってゆく。

アビスの星はそういう場所。

そしてきっとミンは妖精なのだろう。

心を休めて元気になって、もとの世界に帰れ、と。

できないなら、すべて忘れてしまえ、こわれてしまえ、と。

なぜガレキなのか。

なぜミンなのか。

考えてもゆずなには、理解できないことがたくさんあった。

《ときどきアビスの星のことを思いだすわ……》

そのときに、とけなかったなぞがとけるかもしれないし、とけないかもしれない。

とにかく今は、幻の星に思いをはせるよりも、やらなければならないことが、たくさんあった。

「ゆず、早く手伝いなさいよ、美留ちゃんも呼んで」

階下から、文子《ふみこ》の声が飛んできた。

「はーい。美留ー、急いで来てちょうだーい」

ベランダから隣の家に向かってさけぶと、美留が窓から顔をだして、

「すぐ行くー」

と、さけびかえしてきた。

ゆずなが下に行くと、文子がひとりでごちそうの準備をしている。

「客間のそうじをしてちょうだい、美留ちゃんが来たら、お花を飾ってもらって」

「そんなにごちそうにしなくていいって、福田さん言ってたんじゃないの?」

「いいの、お母さんの特技はお料理なんだから、一番おいしいものをだすの」

文子は言って、忙しそうにキッチンを歩きまわっている。

足をケガした祖父《そふ》が、

「手は動くんだから、なんかやんなくちゃ」

と、手話をはじめたのに触発された文子は、帰ってくるなり福田さんの紹介で近所の英会話サークルに入会した。

そして、福田さんの家にホームステイをしているアメリカの女性を三日間だけ、家に招くことになったのだ。

「ゆずなもちゃんと挨拶するのよ、最初になんて言えばいいかわかる?」

昨日から何十回目かの同じ質問に、

「ハウアーユー」

ゆずなはこたえる。

「趣味は、ホビー、聞かれたら何てこたえるの?」

「アイライクフラワー、ワイルドフラワー」

「あ、いけない、この料理、なんて言うのかしら。ゆず、こんにゃくってなんて言うから調べてよ」

「こんにゃくはこんにゃくでしょう、すしはすしだもん」

「いいから、オーディオの上に電子辞書があるから調べて」

しかたなく、ゆずなは電子辞書をひく。どちらにしろ、客間はきれいにそうじされていて、やることなどなかったのだ。

「えっと、……デビルタング。悪魔の舌だって」

「えー、そうなの？　ほんとに？　やあね、こんにゃくって言ったほうが食べてくれそうだわ。あつっ、ゆず、終わったらこっち手伝って」

文子のさわぎにつきあって、ゆずなはキッチンに移動する。

「わ、おいしそう。うん、いい味」

おいてあったエビチリをつまんでゆずなは言った。英会話をはじめてから、すっかり文子の表情も明るくなり、塩辛い料理をつくることはなくなっていた。

「あ、食べるならそっち。ちょっと形が悪いほう」

「わかった。これもうまいっ」

ゆずながあっちこっち味わっていると、

「ゆずなーっ、聞いてっ」

美留が玄関から走りこんできた。

「歩《あゆみ》が目ざめたの。目ざめたのよっ、今、病院から連絡があったの」

「まあー、よかったわね、よかったわね」

文子が、飛びついてきた美留をだきしめて言った。

「よかったね、本当によかったね」

ゆずなも、その輪にはいった。


この作品は書き下ろしです。

鈎子《かねこ》　ふたみ
茨城県日立市生まれ。
東京都立大学工学部工業化学科卒業。
「第９回マ・シェリミニエッセイ大賞」澤口たまみ賞受賞『終《つい》の花園』。
児童文学サークル「ひなつぼし」所属。

参考図書：「広辞苑　第五版」（岩波書店）、「ジーニアス英和大辞典」（大修館書店）

# ひかるこ

2006年6月15日　第1刷発行

著者
鈎子　ふたみ
発行者
佐藤　淳
発行所
大日本図書株式会社
〒104-0061
東京都中央区銀座1-9-10
電話　03-3561-8679
振替　00190-2-219
受注センター　048-421-7812
印刷
株式会社厚徳社
製本
株式会社宮田製本所

ISBN4-477-01881-9
©2006　F.Kaneko　Printed in Japan

大日本図書のYA図書

# あ・い・た・く・て

**工藤直子 詩　佐野洋子 絵**

だれかにあいたくて、なにかにあいたくて、今日も手をのばしている——あなたの心に触れたい気持ちでいっぱいの詩集です。

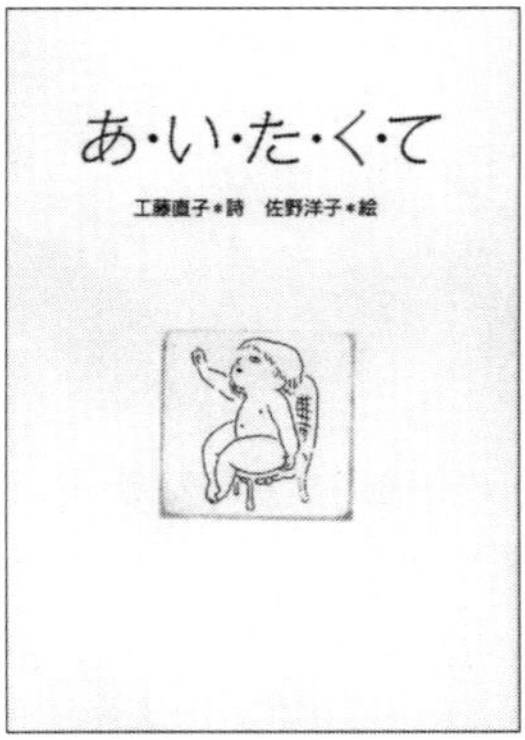


本体1000円
（税別です）
B６判

大日本図書のYA図書

# ROUGE GAME ルージュ ゲーム

**sanae著**

過去の忌まわしいキズを抱える美少女・安城寺るい。
夏の出会いを契機にしかけるゲーム。ルージュに託した熱いゲームは結実するか？
デリケートで、切ない女の子のラブストーリーです。

本体1143円
（税別です）
四六判

大日本図書のYA図書

# 希望へ!

桃井和馬 著

人間はどこまで残酷になれるのか。その実験のような大虐殺がルワンダで起きた。気鋭のフォトジャーナリスト桃井和馬が世界の悲劇の地にたち、人間の未来、希望をさぐる。

本体 1190 円
(税別です)
四六判